Siegfried Lederer

Die Strafe

Erzählung von Neera

Siegfried Lederer

Die Strafe
Erzählung von Neera

ISBN/EAN: 9783743628397

Hergestellt in Europa, USA, Kanada, Australien, Japan

Cover: Foto ©Andreas Hilbeck / pixelio.de

Weitere Bücher finden Sie auf **www.hansebooks.com**

Die Strafe.

Erzählung

von

Neera.

Frei nach dem Italienischen

von

Dr. Siegfried Lederer.

Leipzig.

Druck und Verlag von Philipp Reclam jun.

Lauras Hochzeit hatte nicht viel Aufregung verursacht.

Es hatte sich gerade damals im Hause eines angesehenen Bürgers ein großer Skandal ereignet; das war den Einwohnern von Culosa interessanter erschienen, als die Thatsache, daß eine alte Jungfer endlich doch einen Mann gefunden hatte.

Dazu bedenke man, daß Laura in einem kastanienbraunen Seidenkleid und in Halbstiefeln aus Ziegenleder zum Altar ging, trotzdem die letzte Nummer der „Hausstunden" — vom November 1853 — „ein Kleid von himmelblauem Taffet mit fünf Sammetfalbeln und einem Streifen von gezacktem Sammet" als Muster der höchsten Eleganz bezeichnete.

Aber Laura hatte weder das Modejournal, noch Freundinnen, noch sich selbst befragt. Sie nahm, was bei der Hand war. Jener Tag, der im Leben des Weibes eine Ausnahmestellung einnimmt, erschien ihr ohne allen poetischen Zauber.

„Schon war es an der Zeit, daß Knäblein Amor..."

Laura heiratete — um zu heiraten. Sie war der Leiden und des Kampfes müde. Sie sehnte sich nach Ruhe.

Nach einer bequemen, wohlgepflegten Ruhe sehnte sie sich, nach einer Ruhe, lässig hingegossen auf elastische Kissen — genau so, wie sie ihr von Andrea Taramelli, dem Apotheker, angeboten wurde.

Die beiden Töchter des Fleischhackers von Culosa, schwatzhaft wie Elstern, erwachten zeitig in der Frühe; die ältere fragte gähnend: „Sollen wir aufstehen und uns Laura in der Kirche ansehen?"

„Das wäre der Mühe wert," sagte die andere. „Es ist grimmig kalt; wenn ich nicht irre, schneit es."

„Ich möchte nur wissen, wie sie im weißen Schleier a[us]sieht?"

„Pah! das kann man sich vorstellen: gelb wie eine r[eife] Citrone..."

„Und mager."

„Wie ein Besenstiel."

Die Schwestern drehten sich auf die andere Seite. D[as] Bett war bequem und warm; grauer Schimmer schlüpf[te] durch den Spalt des Fensterkreuzes und teilte wie durch ei[ne] Platte den Luftraum der vom warmen Atem der Mädch[en] erfüllten Kammer.

„Es ist besser, wir machen noch ein Schläfchen."

So schliefen beide wieder ein. Nicht einmal sie, die Neu[gie]rigsten der Neugierigen, glaubten sich wegen dieser Hoch[zeit] zeit inkommodieren zu sollen.

* * *

Es war auch wirklich ein verwunderlicher Einfall gewesen die Trauung für sechs Uhr morgens im Dezember anzusetzen.

Auch dem Pfarrer behagte das nicht; er zog das Chor[r]hemd vor Ärger verkehrt an. Und der Küster nahm sic[h] nicht erst die Mühe, in der eiskalten Kirche die Knieschem[el] abzustäuben.

Frierend, die Füße vor Kälte aneinander schlagend, tra[t] das Brautpaar ein. Laura hielt ihr kastanienbraunes Sei[den]denkleid ein wenig gehoben, um es nicht zu beschmutzen. S[ie] trug eisenfarbige Handschuhe, einen weißen Schleier ohn[e] Blumen, um den Hals und an den Ohrläppchen eine Meng[e] Goldschmuck, den ihr der Bräutigam kurz zuvor geschen[kt] hatte. So viel Schmuck hatte sie nicht erwartet; von Ze[it] zu Zeit griff sie mit dem Zeigefinger ans Ohr, um sich z[u] überzeugen, daß die Ringe geschlossen seien.

Ihre Patin erschien in schwarzer Seide, mit einem grü[n]nen, gewirkten Umschlagtuch und einem schwarzen, gestickte[n] Schleier. Ein paar neue gelbe Handschuhe preßten sich en[g] an die Pulse; sie saßen so knapp, daß sich zwischen ihnen und den weißen Manschetten ein Wulst dicken roten Fleisches zusammenschob.

Die Zeugen des Bräutigams präsentierten sich würdevoll und feierlich, in Jacken von dunklem Tuch mit vergoldeten Knöpfen, Sammetwesten und dreifach geknotetem Halstuch.

Sonst kam niemand.

Beim Niederknieen schoben die beiden Frauen ihre Kleider ein wenig nach vorn; die Männer, mit Ausnahme des Bräutigams, breiteten ihre Schnupftücher aus; der Bräutigam wischte sich nachher die Kniee mit der Hand ab.

* * *

Als die kirchliche Ceremonie vorüber war, gingen die fünf Leute schweigend, in dichtem Schneegestöber quer über die Straße.

„Welch häßlicher Morgen!" sagte die Patin.

„Wahrhaftig, häßlich", antworteten die Zeugen.

Die Magd wartete auf der Thürschwelle; kaum gewahrte sie ihre Herrschaft, so rief sie: „Welch häßlicher Morgen!"

Der Neuvermählte schüttelte seinen Hut, daß der Schnee herabfiel. Laura faßte mit einer Hand Kleid und Röcke und schüttelte gleichfalls.

„Es ist nicht schlimm," sagte sie ruhig.

Die Bewirtung war einfach: Kaffee, Milch, Schokolade, dazu Milchbrot und Zuckerkringel.

Man setzte sich um den Tisch; die Magd reichte ein Präsentierbrett; die deckende Handarbeit war mit Kreuzstich auf Canevas gestickt und vorsichtshalber mit Glas geschützt.

Trotz des Glases war die Rosenguirlande in langen Jahren des Gebrauches verschossen. Wie viel Kaffee hatte bereits auf diesen Rosen gestanden, wieviel Orangen= und Himbeer=saft, wieviel Limonaden, wieviel süßer Malvasier, wieviel Münzenliqueur!

Laura blickte düster vor sich hin.

Andrea Taramelli näherte sich ihr lächelnd.

„Wir wollen die Post nicht warten lassen!"

„Es ist wahr."

Sie erhob sich, faltete den weißen Schleier zusammen, nahm einen kleinen citronenfarbigen Hut aus Taffet, garniert mit Manchester und Spitzen, und setzte ihn auf; schloß sich enge an die Wangen und fest an die Stirn; forderte es die damalige Tracht.

„Bist du fertig?"

„Ja. Nur noch den Schirm."

Wohin ging die Fahrt?

Nicht sehr weit.

Nicht aus Sparsamkeitsrücksichten. Andrea war wohlhabend und kein Knauser. Aber damals unternahm niemand große Reisen; es war noch zu unbequem.

Sie fuhren nach Mailand. Da noch keine Eisenbahn verkehrte, nahmen sie bescheiden ihre Plätze in der klassischen Postkutsche.

„Holla! Marsch," brummte der Postillion und griff nach den Zügeln. Das Fuhrwerk setzte sich schüttelnd in Bewegung. Lauras Hochzeitsfeier war zu Ende.

* * *

Die Schrift erzählt von einem schrecklichen Gesichte: von einer Frau, die in demselben Augenblicke, in dem sie einem Kinde das Leben schenken soll, ein Ungeheuer erblickt, mit offenem Rachen, mit drohenden Fangzähnen, wartend auf das Neugeborene, um es zu vernichten.

Auch in der Wirklichkeit giebt es Frauen, die unter Schmerzen ein Kind gebären, das im vorhinein grausamer Schickung verfallen ist.

Mächtiger als Genie, als Reichtum, als feste Willenskraft vollführt jenes entsetzliche Ungetüm aus Bronze und Granit erbarmungslos seinen Raub: es berückt das Opfer zieht es an sich, umschlingt es enge, würgt und tötet es. Jeder Widerstand ist umsonst.

Niobe vermag ihre Kinder nicht zu retten.

Unter dem Drucke schweren Verhängnisses stand auch Laura.

Seit frühester Kindheit der mütterlichen Liebkosungen beraubt, durchlebte sie eine Jugend ohne Küsse, ohne Puppen, ohne Blumen, ein Heranwachsen ohne Lachen, ein Leben ohne Liebe.

Man nannte sie häßlich; aber sie war nur gedrückt und deshalb mißfiel sie.

Ihre schönen schwarzen Augen vermochten nichts dagegen. In kleinen Orten, wo Weiß und Rot als Gesichtsfarbe verlangt wird, macht man mit schönen Augen allein, und leuchteten sie wie die Sonne selbst, kein großes Aufheben.

Laura hatte auch sonst kein Glück.

Ihre Freundinnen stellten sie in Schatten; in Gesellschaft war sie wenig gesucht. Sie besaß nicht den schimmernden Firnis, der nun einmal eine Vorbedingung des Erfolges ist.

Sie blieb nie auf der goldenen Mittelstraße: ihr vereinsamtes Herz trieb sie zu hoch oder zu niedrig.

Sie war nicht häßlich, aber sie verstand es nicht, sich in Scene zu setzen.

Ihr Verstand wuchs; die seelische Harmonie blieb aus.

Naiv, wehrlos, ohne Maske lebte sie in ihrer Einsamkeit dahin. Ihr heißes Naturell trieb sie zur Liebe; sie besaß einen hohen Grad von Empfindung. Alle Kraft ihres Herzens vereinte sich in höchstem Verlangen.

Und so begann die ermattende Pilgerfahrt ihrer Phantasie. Durch Steppen, heiße Sandwüsten, über schroffe Gebirge und bodenlose Oceane führte ihr Weg. Die Füße wurden ihr wund, die Hände blutig; an Sträuchen und Dornhecken blieben die Fetzen ihres Fleisches hängen.

Im Dunkel der Nacht lag sie schlaflos, die Stirne schweißgebadet.

Wie oft versprach ihr die rosige Morgendämmerung einen Tag des Friedens! Wie oft beseeligte sie eine am Wege aufblühende Blume mit verheißungsvollem Dufte! Aber die Morgendämmerung schwand, die Blume fiel in den Staub; das unerbittliche Ungetüm von Bronze und Granit geißelte ihre Schultern und rief gellend: „Vorwärts! Vorwärts!"

O Seele ohne Trost, auf flucherfüllter Straße schmetterst du an die Felsen, fällst du über die Steine, stürzest du in Abgründe! Dein keuscher Schleier zerreißt und geht verloren. Du aber erhebst dich von neuem; du drückest die brennenden Wunden zusammen, und eilst weiter, weiter, ohne Unterlaß!

So war Laura dreißig Jahre alt geworden.

Alle Bitterkeit, die sich im Kelche eines verquälten Mädchendaseins aufsammeln kann, Laura hatte sie zur Neige getrunken. Ihre Lippen waren vertrocknet, ihre Brust ausgebrannt von Leidenschaft.

Alle ihre Freundinnen waren ihr zuvorgekommen.

Sie waren nicht schöner, nicht klüger, nicht geistreicher! Vor allem — sie wußten nicht zu lieben, wie sie geliebt hätte, und doch wurden sie glückliche Frauen und Mütter. Junge Leute, die Laura eine Weile durch ihre schönen Augen interessiert hatte, wandten sich plötzlich anderen Mädchen zu.

Innen verzehrte sie ein loderndes Feuer; um sie herum war es einsam.

Die Wangen furchten sich, die Stirne verlor ihre Frische.

Jede verflatternde Illusion trug ein Blatt ihrer Jugendblüte mit sich fort.

Die ununterbrochenen Wünsche, das qualvolle Zucken der Erwartung, die schlaflosen Nächte schädigten ihre Gesundheit. Der Körper büßte für die Verschwendung der Einbildungskraft. Für jede Verbitterung eine Falte — für jeden Traum ein Kopfweh. Die Phantasien nahmen ihren Anfang im Gehirne und endeten in einer Abspannung der Nerven. Die unbefriedigten Wünsche des Herzens äußerten schädliche

Wirkung auf die anderen Organe: die gemarterte Seele marterte den Leib.

Der unerfüllten Hoffnung folgte Bitterkeit; dann kam die Entmutigung und die Verzweiflung.

Es gab Augenblicke, Tage, an denen sie sich selbst haßte. Sie haßte auch ihre Tugend — wenn sie wenigstens einmal gesündigt hätte!

Vielleicht, wenn sie sich anmutiger, verführerischer kleidete? Eine stumme Wut untergrub sie. Alles in der Welt sprach ihr von Liebe; überall sah sie Liebe, in jedem Lebewesen, in jedem Gegenstande. Nur sie war verurteilt, zu entbehren — weshalb sie allein?

Die Gegenwart eines Kindes irritierte sie. Das Wort „Ehe" bohrte ihr einen Stachel ins Herz. Mit rasender Leidenschaft las sie Bücher, die von Liebe sprachen, bis sie endlich ein Ekel erfaßte, der in Haß umschlug. Dann trat sie das Buch mit Füßen und schleuderte es hinweg. Einen Tag lang trotzte sie mit sich selbst; dann erfaßte sie das Buch wieder mit leidenschaftlicher Gier und begann es von neuem zu lesen.

Eines Abends entschloß sie sich, ein Konzert zu besuchen. Als sie sich ankleidete, fiel ihr Blick auf ein Korallenhalsband, mit dem sie früher Aufsehen erregt hatte. Sie lächelte, dann seufzte sie. Übrigens — wer weiß... Man hatte ihr immer gesagt, Rot stehe ihr gut. Sie legte die Schnur um den Nacken.

Ach, seit fünfzehn Jahren kannten alle Burschen und Mädchen von Culofa diese Korallen! Man achtete nicht mehr auf sie.

Vereinsamt, in einer Ecke, ließ Laura ihre schönen, müden Augen in die Runde schweifen. In schmerzender Qual empfand sie es, daß sie allein war inmitten der Menge.

Aber einer sah doch nach ihr — furchtsam und verstohlen und deshalb von ihr unbeachtet: Andrea Taramelli, der Apotheker. Seit langem verehrte er sie, aber weder ihr noch irgend jemand getraute er sich dies zu gestehen. Viel=

leicht kam einmal ein günstiger Zufall seiner Verzagtheit z
Hilfe!

Laura blickte gar nicht dorthin, wo er saß. Sie lächel
matt: der große Wandspiegel zeigte ihr, wie unter den K
rallen deutlich die Sehnen ihres Halses hervortraten.

An diesem Abend nahm Laura Abschied von ihrer Jugen

* * *

Dieser Übergang, der sich bei vielen Frauen ohne A
strengung, ohne merkliche Steigerung der Gefühle und Le
denschaften vollzieht, war für sie voll Krampf und Zuckunge
eine Amputation.

Ein Weib, das endgültig auf die Liebe verzichtet, wir
sich entweder der Religion in die Arme oder der Mildthätig
keit oder der Lästersucht; irgend eine fieberhafte Beschäftigun
thut ihr not. Auch Laura suchte nach Ablenkung.

Zu der schrecklichen Leere ihres Lebens traten die Leide
des Körpers, der sich in unausgesetztem Kampfe mit der Phan
tasie aufrieb.

Es schädigt den Organismus einer Frau weit mehr, eine
Geliebten zu träumen als zehn zu haben. Laura litt Stra
für all die Sünden, die sie zu begehen begehrte, für all d
Freuden, nach denen sie sich sehnte.

Ihr Körper war ein Passionsweg, bedeckt mit Kreuzer
jedes trug einen Namen, ein Datum.

Sie verschloß sich in sich selbst.

Eine Zeitlang beschäftigte sie sich mit der Sorge um ih
Gesundheit. In ihrer Kammer erschienen statt der Veilchen
bouquets und der neuesten Romane Eisenpillen, China=Dekok
Rhabarber, Phiolen und Schächtelchen, die ihr den verlore
nen Schatz ihrer blühenden, jugendfrischen Jahre zurückbrin
gen sollten.

Dann kam die Arbeitssucht über sie. Das Gemach schmückt
sich nun mit gestickten Kissen, Fußstützen, gehäkelten Fenster

vorhängen, gestickten Lambrequins, mit Teppichen, Überzügen und Decken.

An den Säumen ihrer Wäsche entstand feine Lückenarbeit. Zu Füßen des Bettes fanden ein paar selbstverfertigte kornblumenfarbige Pantoffel ihren Platz.

Alle halbwüchsigen Mädchen von Culosa liefen hin, um die Herrlichkeiten zu bewundern.

Auch diese Periode ging vorüber. Laura geriet nun in ein System peinlichster Nettigkeit. Sie stand am frühen Morgen auf und wusch und scheuerte und polierte. In einem Kästchen, das ehedem als Sarg für verwelkte Blumen und für Haarlocken gedient hatte, befanden sich jetzt Pottasche für Thürklinken, Rötel für die Fensterscheiben, Pinsel und Bürsten, Insektenpulver, Ammoniak. Und Laura rieb und reinigte, fiebernd, in krankhafter Erregung.

Inmitten dieses Thuns erfaßte sie eine Rückenmarksentzündung.

Es war Frühjahr. Von ihrem Bette aus sah Laura die Glycinen an den Mauern emporranken, die Schwalben durch die Lüfte schießen. Wenn sie sich ein wenig von den Polstern erhob, erblickte sie einen Mandelbaum, ganz in Blüte. Der weiße, leuchtende Blütenstaub erschien ihr wie eine Fülle von Perlen, von einer Fee verstreut im Sonnenglanze.

Abends drangen Lieder in ihr Gemach, bald langsam melancholisch, bald leidenschaftlich von Liebe durchhaucht; fröhliches Gelächter, helle Stimmen, das Schäkern der Jugend auf der Straße.

Wie ein heißer Lufthauch zog es über die Dekoktphiolen: die Spitzen des Betttuchs und die Quästchen der Steppdecke erzitterten.

Wenn die Sonne hinter dem Mandelbaume niederging, füllte sich die Kammer mit Schatten. Sie kreisten um Lauras Bett. Die Wangen der Kranken erbleichten; ihre großen Augen erglänzten im Fieber.

Ein Schatten sagte: „Erkennst du mich? Ich gleiche

dem Jüngling, mit dem du den ersten Walzer tanztest; wo ist die Nelke, die du geschenkt bekamst und am Busen bargest? Ich tanzte viel mit dir, denn damals gefielst du mir — aber das ist schon lange her."

Ein anderer sprach: „Erkennst du mich? Meine Fenster lagen den deinen gegenüber. Wie oft traten wir gleichzeitig vor! In klaren Nächten blickten wir auf zum Monde: ich sang, du seufztest, oder du sangst und ich seufzte. Warum das ein Ende nahm? Wahrhaftig, ich erinnere mich nicht mehr."

Und ein dritter Schatten lachte, und ein vierter warf ihr höhnend ein Rosabillet mit Akazienparfüm ins Angesicht.

Dann lösten sich die Schemen auf. Sie ließen in der Kammer eine Kälte zurück, feucht wie das Grab.

* * *

Man brachte ihr Licht und die Arznei für die Nacht. An dem Medizinfläschchen hing eine rechteckige Karte, auf der geschrieben war: „Nux Vomica. Alle drei Stunden eine Pille. Ja nicht mehr nehmen! Gute Nacht und beste Wünsche für baldige Besserung."

Auf diese Weise äußerte sich zum erstenmal Andrea Taramellis Sympathie.

Die Krankheit war hartnäckig; schließlich fing sie zu weichen an.

Es ging Laura wie allen Gesundenden: sie fühlte große Lebensfreude in sich.

Die Welt erschien ihr schön, voll von Freuden, auf die sie zuvor nicht geachtet. Ihr armer Körper, der nach langem Martyrium wieder zu Kräften kam, empfand epikureische Begierden.

Sie durfte nur Suppen und gekochtes Fleisch genießen. Ihre Phantasie aber beschäftigte sich mit Fasanen, Schinken in zartem Rosa, Kotelettes in Sauce, hochroten Prachtkrebsen auf einem Berge von goldigem Reis, umschlossen von einem

Trüffelteppich; sie sah bauchige, blaugeblumte Terrinen, bis an den Rand gefüllt mit Vanille=Creme, herrliche Majolikateller mit Pyramiden von Sammetpfirsichen, leuchtenden Trauben und weichen, gleich Schnee zerschmelzenden Birnen.

Aber das genügte ihr nicht.

Mit einem Damasttuch mußte die Tafel bedeckt sein; als Zeichnung sollten Guirlanden dienen, in deren Arabesken zierliche Vögel saßen. Der Rand mußte in tausend Fältchen gebügelt sein, die durch ein grünes Band zusammengezogen wurden.

Wie gut müßte es sich in einem Zimmer speisen lassen, das ganz mit Blumen ausgemalt wäre und chinesische Wände und Bambussessel aufwiese! Wie vortrefflich mußte der Kaffee schmecken, eingeschenkt in durchscheinende Porzellantäßchen mit Miniaturen aus dem Settecento: Damen im Reifrock, Kavaliere in Seidenstrümpfen!

Und ihre Phantasie flog weiter.

Nicht mehr Kattunkleider, nicht mehr abgenutzte Gewänder tragen müssen! Was wäre das für ein Glück! Sie malte sich ein Leben aus voll unerhörter Eleganz.

Der Sybaritismus erfaßte sie ganz und gar. Kaum war sie zufolge ihrer Erschöpfung rasch eingeschlummert, so träumte sie bunt durcheinander von holländischer Leinwand, von Spitzen, von Damast, von geblumten Gläsern, von gutgenährten Hühnern, von schäumenden Weinen, von großen Schränken voll feiner Wäsche, von gesteppten Atlaskissen, gefüllt mit Schwanenfedern.

Und immer wieder fand sie morgens beim Erwachen ihre Medizin und eine rechteckige Karte vor: „Anthysteriepulver. Stündlich eines. Unschädlich. Gut geschlafen? Guten Morgen!"

Einmal, gerade als ihre Wünsche übermütig in die Höhe klommen, wagte Andrea Taramelli um ihre Hand anzuhalten. Sie gab ihr Jawort.

* * *

Nach wiedererlangter Gesundheit wollte sie heiraten. Ein neues Leben, ein Leben greifbarster, materiellster Glückseligkeit sollte für sie beginnen.

Ihr Herz gehörte nicht ihrem Bräutigam, aber ihre Phantasie weilte gerne in seinem Hause. Er war ein wohlhabender Mann, ein Mann: ihre Wünsche nach einem behaglicher Eheleben würden sich endlich erfüllen.

Sie machte sich ein reiches, bequemes Lebensprogramm zurecht, bei dem auch das Physische nicht zu kurz kam.

Andrea schien zur Verwirklichung ihrer Pläne wie geschaffen

Er hatte alle Vorbedingungen eines gutherzigen, nachgiebigen, passiven Ehemannes. Er strebte eine solide Glückseligkeit an, und Laura war überzeugt, sie werde eine vortreffliche Frau abgeben.

In der Fieberhast, die sie erwartenden Wonnen zu genießen, sprang sie ungeduldig über alle Vorbereitungen hinweg. Sie kümmerte sich nicht um ihre Ausstattung; kaum dachte sie daran, daß sie über ihre Freundinnen triumphieren werde. „Später," sagte sie, „später!"

Sie lebte nur in ihrer Phantasie. Sie sah sich schon als Signora Taramelli, bequem dasitzend in dem alten Lehnstuhle der Apotheke, einen Schemel unter den Füßen, den Busen in knisternde Seide gehüllt; im Sommer mit einem großen Fächer — im Winter in der Nähe eines Beckens gefüllt mit rotglühenden Kohlen.

Was man im Orte von ihrer Heirat sprach, war ihr gleichgültig. Ihr genügte es, eine Stellung, gesicherten Wohlstand erreicht zu haben.

Um die Wahrheit zu sagen: am Tage nach ihrer Hochzeit verfiel Laura in brütende Gedanken.

Vielleicht fragte sie sich: „Ist das die Liebe? Habe ich sie so geträumt? Erscheint sie nicht anders?"

Aber schließlich fiel die Antwort doch zu Gunsten des Geschehenen aus.

* * *

Die kurze Hochzeitsreise war beendet. Laura zog in die
hnung des Apothekers ein. Was gab es da alles zu
n und zu bewundern!
Wie im Traume blickte sie auf die weißen, mit Cassia
Tamarinde gefüllten Fayencegefäße. Die Ricinusphio=
waren ihr widerlich, die Pastillen aus Gerstenzucker desto
enehmer. Sie sah aufmerksam zu, wie Andrea das Manna
Düten barg, den Rand des Papiers in Fransen zuschnitt
diese mit dem Messer kräuselte.
Fast scheu betrachtete sie die kleine Giftwage, die unter
r Glasglocke stand. So oft ihr Mann diese Glocke auf=
, wagte sie kaum zu atmen: es war ihr zu Mute, als
in Priester zu geheimnisvollem Mysterium schreite.
Ein Augenblick voll Süßigkeit war es, wenn der Gehilfe
dem Laboratorium eintrat und die Thüre offen ließ.
m lehnte sich Laura zurück, an die weiche Rücklehne ihres
stuhls, mit jenem Ausdruck von Überlegenheit und Her=
ssung, der sich mit dem Bewußtsein, befehlen zu dürfen,
indet, und sie murmelte: „Battista! Schließen Sie doch!"
Ihr neues Heim gefiel ihr.
Das Haus war ein wenig plump, aber doch bequem ge=
t. Es besaß keine lästige Nachbarschaft. Die Sonne
e freien Zutritt, besonders in den Hof, den der Apothe=
durch den Namen „Garten" auszeichnete. Licht und
men gab es dort genug.
Rings umher, auf den Mauern, sah man Malversuche aus
reas Kinderzeit: Eselsköpfe, bucklige Soldaten, Karika=
n, lange Nasen in Überfluß. Nie hatte jemand diese
hnungen getilgt. Für Andrea war es eine Freude, sie zu
achten, wenn er nach Tisch, die Hände auf dem Rücken,
e Pfeife schmauchend, durch den Garten auf= und abschritt.
Auf der einen Seite des Hofes, gegen das erste Stock=
k zu, rankte wilder Wein. Seine Blätter und Reben
edeckten einen saalartigen, zierlichen Altan. Eine Treppe
te zu ihm empor; sie wäre schön gewesen, hätte sie nicht

ihr hohes Alter faſt zur Ruine gemacht; das durchbrochen
Geländer und die Marmorſtufen waren zerfallen. So w
dieſe Treppe auch wirklich nicht mehr im Gebrauch: es ga
im vorderen Teile des Hauſes eine Stiege, die benutzt wurde
der Altan diente gelegentlich zum Wäſchetrocknen.

Als Andreas Mutter noch lebte, war die Wäſche de
Hauſes Taramelli in Culoſa berühmt.

Zwei Generationen ſparſamer und fürſorglicher Wirtſcha
hatten in der Garderobe ſoviel Linnen angehäuft, daß meh
rere Familien damit hätten verſorgt werden können.

Laura, nunmehr Herrin und Gebieterin über dieſe Schätze
öffnete mit einer gewiſſen zaghaften Ungeduld die Nußbaum
ſchränke. Der eigentümliche Geruch, den die aufgehäuft
Wäſche und die dazwiſchen liegenden Polſter mit getrocknete
Roſen ausſtrömten, erfüllte ſie mit zitternder Freude.

Zuerſt wollte ſie alles nur in Eile, oberflächlich kenne
lernen. Sie nahm die Betttücher und warf ſie durcheinande
auf den Tiſch, dann die Servietten, dann die Tiſchtücher
dann die Decken, dann die Polſterüberzüge. Der Haufe
wuchs. Das oberſte Weißzeug ſchwankte und drohte zu fal
len; Laura ſtützte es.

Eine ſchwere Doppelſteppdecke mit gekräuſelten Falbeln
beſetzt mit Franſen, konnte ſie nicht mehr halten; ſie glit
ihr aus den ermüdeten Armen.

Nun ſetzte ſie ſich nieder und ruhte ein wenig aus. Di
Hände hingen herab, die Bruſt hob ſich. Nur das Aug
war nicht müde geworden.

Mit innigem Wohlgefallen blickte ſie auf die ſchönen Über
züge aus Seidendamaſt. Sie neigte ſich, um die Quaſten z
berühren, die ſich auf dem Boden hinzogen, wie um ſich z
überzeugen, daß alles wirklich Seide ſei. Beſonders ein
Quaſte mit Unterlage von Gold und grünem Kupfer zo
ſie an.

Als Laura mit der Generalbeſichtigung fertig war, be
rauſchte ſie ſich an den Details.

Zwölf Leintücher von feinstem Gespinst, ebensoviel feinleinene Überzüge lagen seitwärts, durch ein rotes Band zusammengehalten.

Laura bewunderte als Kennerin die Schönheit und den Wert jedes einzelnen der zwölf Leintücher. Dann legte sie sie beiseite und machte Platz für zwölf andere, die gleichfalls fein und verziert, aber bereits in Gebrauch gewesen waren. Dann kamen noch vierundzwanzig Leintücher, zur gewöhnlichen Benutzung bestimmt, zuletzt die Leintücher für das Dienstpersonal.

Auch die Handtücher waren durchwegs aus Linnen, sehr groß, die einen verziert mit handgearbeiteten Franfen und Spitzen, die anderen ganz einfach.

Die Tischtücher zeigten geradezu bewunderungswürdige Zeichnungen: Sträuße von Glockenblumen und Margueriten, Guirlanden von Heublumen, Sternen, abenteuerliche Pagoden mit Seen und phantastischen Bäumen und noch phantastischeren Tieren. Die altertümlichen Servietten waren, wenn man sie ausbreitete, einzeln so groß wie vier moderne. Sie hatten winzige Säume, geduldig ausgenäht von den Penelopen der Familie Taramelli.

Über eine Perkalbettdecke mußte Laura hell auflachen, so spaßig sah sie aus. Sie war übersäet mit zimmetfarbigen Troubadours, die zu Füßen von kakaofarbigen Damen die Laute spielten.

In dieser Decke war ein Stopffleck und zwar mitten im Gesichte eines Troubadours; es sah aus, als ob er Krämpfe hätte.

Weiße Überzüge waren im Überfluß da: gemustert wie Reiskörner, wie Fischrückgrat, Muscheln, Borten, schachbrettartig, geblümt; in den Ecken abgerundet, alle gefranst und posamentiert.

In ein großes Tischtuch zum Schutze gegen das allergeringste Stäubchen eingeschlossen und eingenäht fanden sich noch zwei feenhafte Steppdecken vor. Laura faltete sie auseinander, breitete sie aus, betrachtete sie ganz nahe, als wolle sie mit den Augen die Pracht einschlürfen, dann sah sie sie aus der Ferne an, mit halbgeschlossenen Augen, um die Gesamtwirkung festzustellen.

Laura war wie betäubt vor Entzücken. Sie küßte die beiden Decken, förmlich überwältigt von dem Bewußtsein so reichen Besitzes.

* * *

Für manche materialistisch veranlagte Naturen hat der Hausrat größere Anziehungskraft als das Geld.

Das Geld stellt etwas Unbekanntes, einen künftigen Genuß vor; es ist ideal.

Der Hausrat dagegen befriedigt sofort die Sinne. Man sieht ihn, betastet ihn, macht sich's in ihm bequem. Man wendet ihn hin und her, man vergleicht; man freut sich seiner. Er ist da, ganz und gar unser Eigentum.

Lauras Phantasie galoppierte, angeregt durch die schönen flandrischen Tischtücher, die prächtigen Majolikateller mit meergrünem Untergrund, geschmückt mit Scenen aus der Liebe von Angelika und Medoro — wahrhaft künstlerischen Tellern, durch einen Glassturz geschützt und gleichzeitig neugierigen Blicken zugänglich gemacht.

Laura rekonstruierte sich im Geiste die ganze Familie Taramelli: sie sah eine lange Reihe ehrwürdiger Matronen mit weißem Haar, gebückt über diese Teller, lächelnd und glücklich an der Seite bezopfter Gatten in Kniehosen. Ehrbare, gute Leute, mit freigebigem Herzen und einem Neste lärmender, ungestümer, tobender Sprößlinge, darunter Andrea, der, wie Laura argwöhnte, Schuld trug, daß an der schönsten Terrine der Henkel abgebrochen war.

In den ovalen Auftragschüsseln nützte Angelika unter einem Lärchengebüsch das Vorrecht klassischer Nacktheit fast allzusehr aus, während Medoro, in nicht minder klassischer Erscheinung, ihren Namen in die Baumrinde schnitt.

Und Lauras Phantasie jagte immer weiter.

Wie herrlich erschien ihr die Küche! Das blanke Kupfer schimmerte leuchtend; in den Schubladen der zwei riesiggroßen tannenen Wandschränke klirrten und klapperten die alten Gedecke der Taramelli mit dem heiteren Lärm der Gesundheit und des Frohsinns.

Hatte sich vielleicht das Echo längst stattgehabter Feste in die Winkel geflüchtet, daß Laura den Wiederhall herzlichen Lachens unter dem geräumigen Kamin vernahm? Und woher kam in der Nähe des Herdes das süße Klingeln der mit weißem Wein gefüllten Becher und die scherzenden Stimmen der Frauen und der heitere Gesang der Kinder?

Der Frieden, die keusche Liebe, der ehrbare Wohlstand, von Generation zu Generation als heiliges Vermächtnis fortgeerbt und vergrößert, sie waren eins geworden mit den Geräten und mit der Atmosphäre dieses Hauses. Hier atmete man mit vollen Zügen erquickenden Lebenshauch.

* * *

An schönen Maiabenden, nach behaglicher Mahlzeit, saßen die Eheleute, zwei Karyatiden vergleichbar, an der Schwelle der Apotheke. Sie unterhielten sich mit zufriedenem Lächeln.

Aus dem Laboratorium drang zu ihnen das monotone Stampfen des Mörsers, begleitet von dem Summen des Gehilfen, der in einer Art bauchrednerischen Baritons die damals beliebte Melodie vernehmen ließ:

„Und das Vöglein aus dem Walde..."

Andrea schlummerte schließlich fast immer ein.

Laura folgte mit ihren Blicken den spärlichen Spaziergängern; bisweilen blieb ein Bekannter stehen und plauderte mit ihr ein paar Worte. Dann öffnete Andrea die Augen, trat in den Laden und holte einen Sessel. So bildete sich nach und nach ein kleiner Kreis, in dem es munter zuging. Andrea selbst beteiligte sich wenig an den Gesprächen. Wäre es nicht gegen alle Regeln der Wohlerzogenheit gewesen, hätte am liebsten weitergeschlafen.

Laura hingegen entwickelte sich.

Die psychischen Kämpfe während der Mädchenzeit, in de ihre Seele einem ausgetrockneten Stück Landes glich, ware Ursache, daß sie alle Vorteile, die ihr die Ehe bot, leidenschaftlich ausnützte. Wie in einem verspäteten Lenze, so blüht in ihrem Sein jetzt alles in hastender Eile empor, und di Reife folgte unvermittelt.

Laura genoß in vollen Zügen.

Schlagfertige Unterhaltung mit den Männern, doppel sinnige Gespräche, die sie als verheiratete Frau mit anhöre durfte, wobei sie sich nur bisweilen erzürnt stellen mußt diese für sie exotischen Früchte reizten ihre Begierde. Si entschädigte sich für die schier ewigen Entbehrungen lange Jahre, und es erschien ihr nur gerecht, diese Entschädigun mit Wucher einzuheben.

Die beiden Ärzte, welche die Apotheke besuchten, machte ihr galant den Hof. Sie lachte dazu und that sogar wohl gefällig Andrea gegenüber davon Erwähnung.

Nun verstand sie die Welt. Sie war wahrhaftig alber gewesen, ihre Jugend idealen Träumereien und romantische Geziertheit zu opfern. Die Männer zeigen sich einem Mädchen nie, wie sie sind. Wenn sie wüßten . . .

Laura fuhr sich mit den Händen über den Kopf. De Schwindel erfaßte sie bei dem bloßen Gedanken, daß sie bi ans Ende des Lebens ohne Mann hätte bleiben können! Un dann richtete sie sich auf, mit einer Bewegung höchster Freude unsagbaren Stolzes, siegesbewußten Triumphs.

„Ohne Komplimente, Signora," sagte ihr eines Abends der ältere der Ärzte, indem er eine Hand zwischen die Knopflöcher seines Hemdes steckte und die Stimme senkte, „ohne Komplimente — Sie gleichen von Tag zu Tag mehr der Juno Ludovisi."

Es war doch ein Kompliment, und überdies ein plumpes,

das Laura nicht einmal ganz verstand, aber die Juno Ludo=
visi beiseite gelassen, Laura wurde wirklich begehrenswert.
Eine Reihe krankhafter Zustände ergriff vor dem sieben=
ten Sakramente die Flucht. Laura gewann an gesunder Fülle.
Ihre Haut dehnte sich und bekam einen gleichsam durchleuch=
tenden, reinen Teint. Etwas an ihr ungewohnt Weiches
lag in ihren Bewegungen; ihr Auge, das immer schön ge=
wesen, leuchtete jetzt in zündendem Glanze.

Niemand in Culosa hatte zuvor Lauras Zähne zu sehen
bekommen; jetzt, wo sie oft lachte, kamen sie zum Vorschein:
zwei schimmernde, festgeschlossene Reihen, in Kriegsbereitschaft.

In einzelnen Augenblicken, wenn sie sich einem Ausbruch
ungemessener Heiterkeit hingab, mit flammendem Antlitz, kräf=
tiger schlagendem Herzen, dann entzündete sich auf ihrer Stirn
eine Flamme des Rausches, so lebhaft und verlockend, daß
der jüngere Arzt sie in stummer Verwirrung betrachtete.

Andrea machte, wie es seine Gewohnheit war, keinerlei
Bemerkungen. Gutmütig, mit halbem Lächeln, nahm er die
verblümten Spottreden der Freunde hin, ohne darauf zu ant=
worten. Er sah nach seinen Zugpflastern, rauchte seine Pfeife
und rieb sich die Hände, indem er seine Frau von der Seite
ansah. Alles in allem fühlte er sich sehr glücklich.

* * *

Laura selbst ward sich ihrer Umwandlung mit Entzücken
bewußt. Wie oft sagten ihr jetzt die Leute: „Sie werden
jung, Signora Laura!" Auch der bereits ein wenig ver=
rostete Ovalwandspiegel, ein altes Familienstück des Hauses
Taramelli, flüsterte es ihr zu: „Weißt du, Laura, daß du
jung wirst?"

Jeden Abend, bevor sie zu Bett ging, anfangs unabsicht=
lich, später mit überlegter Eitelkeit, blieb sie an jener Stelle
ihres Zimmers stehen, wo ihr Bild von der schimmernden
Fläche in Formen und Farben, die ihr ganz unbekannt wa=
ren, zurückgeworfen wurde. Sie blickte es fest an, lächelte,

und neigte begehrlich das Haupt, als antwor
heimnisvollen Gruße. Sie rundete die Arm
por, ließ sie schwer herabfallen; sie drückte ih
men, bis sie den Atem verlor, um zu bewund
sich Hüften und Busen abhoben. Die Schult
ein wenig mager, aber mittelst Geschmeide u

Sie begann zu klagen, daß ihr die Lokal
Luxus großer Bälle und Theater unmöglich
Gott, wozu schön sein, wenn man in der
kleinen Ortes verkümmern soll?

Abends schimmerte ihr Haar im Wieder
zen wie weicher Flaum oder Sammet.

Laura zündete noch zwei Kerzen an, um
sehen; dann stellte sie einen Spiegel hinter

Wie gut mußte sich Rot von ihrem Nac

Wie im Rausche suchte sie jetzt ihr altes,
Korallenhalsband hervor.

Nun paßte es ihr.

Sie fühlte sich schöner, reizender, bezaul
fünfzehn Jahren. Der Vogel Phönix hatte

Sie trat an das Lager ihres Gatten. A
Der Bedauernswerte!

Laura war nicht mehr Herrin ihrer sell
sinnlicher Wünsche, ausschweifender Phantas
stickend in ihrem Innern. Wie ein drücken
es sich um ihr Gehirn; es war, als ob sie z
gerochen hätte. Sie fühlte Flügel an den S
den Füßen prickelnde Wollust. Sie empfan
doch so schwer; so muß Opiumessern zu Mu

* * *

Oft fühlte sie inmitten irgend einer Be
unwiderstehliche Bedürfnis, in ihr Zimmer z
im Spiegel zu betrachten.

Sie ersann neue Frisuren, und in ihrer

tafie folgten einander in stetem Wechsel bis in die Einzel=
heiten ausgeführte Projekte, wie sie die Männer am besten
berücken könnte. Die Männer leiden machen, wie sie selbst
gelitten hatte: sich auch an den Frauen rächen: ihnen zeigen,
daß sie, die Verachtete, die fast bei lebendigem Leib Begra=
bene, sie, die alte Jungfer, die durch Gottes Barmherzigkeit
einen Mann gefunden, daß sie es ihnen allen zuvorthat!

Sie kleidete sich mit ausgesuchtem Geschmack: die Ärmel
trug sie kurz; ihre Arme hatten keinen Grund mehr sich zu
verstecken.

Ihr kastanienbraunes Kleid lag unbenutzt im Kasten.
Zum Kuckuck! Was war ihr denn eingefallen, sich wie eine
Großmutter anzuziehen! Wahrhaftig, sie war thöricht ge=
wesen.

Nach reiflicher Überlegung bestellte sie im ersten Mode=
salon Mailands ein schönes gesticktes Canezou, mit Musse=
linpuffen auf durchsichtigem Rot.

Die Leute von Culoja wußten nicht mehr, was sie sagen
sollten. Selbst die neidischesten unter den Frauen mußten
zugeben, daß Laura alle an Eleganz übertraf.

„Das letzte Aufflackern einer verlöschenden Petroleum=
lampe," sagte sententiös der Advokat Paribechi. Vor zwanzig
Jahren konnte dieser Vergleich geistreich erscheinen: in Cu=
loja erregte er Aufsehen.

Die Apotheke wurde der Lieblingsaufenthalt eines halben
Dutzends müßiger Leute. Sie fanden sich ein, um einen
Wermut zu trinken, verweilten längere Zeit, schlugen Kreise
mit ihren Stöcken, spielten die Liebenswürdigen, und fanden
alles bezaubernd, was Laura that und sprach.

Da gab es dann galante Fechtkünste, Wortgeplänkel, Me=
taphernkämpfe, Anspielungen, hinter dem Fächer ersticktes
Kicheln, verstohlenes Händedrücken, sich verirrende Füße: ein
Geknister von Witzeleien, moussierender, aufregender Schaum:
alledem aber lag ein beklemmendes Etwas zu Grunde, das
einen ungesunden Rauch verursachte.

Andrea schnitt unterdessen seine Papierfransen, drehte Pillen und wickelte Karamellen ein — langsam, bedächtig, und ein wenig schläfrig.

Diese Ruhe irritierte seine Frau.

Sie hätte ihn galvanisieren mögen, ihn jung, schön, unternehmend, geschwätzig, boshaft machen, ihn in einen Wirbel von Thorheiten und Vergnügungen ziehen: Eifersuchtsscenen heraufbeschwören, gefolgt von Ausbrüchen zügelloser Liebe.

Aber Andrea liebte sie seit fünfzehn Jahren, und er war keine romantische Natur. Sein Herz schlug gleichmäßig und ruhig: wie die chinesische Civilisation überschritt seine Empfindung nicht die unbewegliche Grenzmauer.

Laura begann ihn langweilig zu finden.

Da es ihr nicht gelang, ihn anders zu machen, ließ sie ihn beiseite. In den Zukunftsprojekten und Bildern, die ihre unablässig rege Phantasie entwarf, existierte er überhaupt nicht.

Das Haus, der Wohlstand, die Freiheit, ihr Wohlbefinden, all das — es war ja richtig, das waren Geschenke, die sie von Andrea erhalten hatte. Aber anderseits seine Persönlichkeit, seine schläfrige, temperamentlose Persönlichkeit — es war Laura, als fühlte sie an ihren Füßen die schwere Kugel eines Galeerensträflings. Und diese Kugel mußte sie schleppen — vielleicht ihr Leben lang.

Nach ihrer Umwandlung zur schönen Frau sah Laura in Andrea den Glücklichsten aller Sterblichen: vielleicht erwartete sie Dank.

So oft sie ihrem Manne eine Liebkosung gestattete, that sie so, als verschenke sie ein Almosen.

* * *

Eines Sonntags saß Signora Taramelli vormittags vor der Thüre der Apotheke. Sie trug ein neues, blaßgoldenes Wollkleid à la Bajadere.

In Culosa hatte man noch keine Bajaderen gesehen: Signora Taramelli zählte auf einen Haupteffekt.

Ihr auf der Stirn glattaufgekämmtes Haar schimmerte in leuchtendem Glanze. Ein leichter Veilchenduft strömte davon aus, ab und zu strich sie schmeichelnd mit der Hand darüber hin.

Sie blickte die Gasse hinab. Kam denn niemand ihr Kleid zu bewundern? Andrea, hinter seinem Tische, mußte zweimal rufen, bis sie ihn hörte: „Laura, Laura!"

Endlich drehte sie sich um.

„Du hast mich gerufen?"

„Ja. Ich habe einen Brief bekommen."

„Von wem?" fragte Laura und rührte mit dem kleinen Finger an die Augenbrauen. Sie hatte sie ein wenig geschwärzt.

„Von meiner Schwester."

„Ah!"

„Du weißt, sie war böse, weil ich heiratete . . ."

„Ja."

„Sie hat trotzdem kein schlechtes Herz . . ."

„O, das behaupte ich auch nicht."

„Aber sie ist Witwe und hat sieben Kinder."

„Sieben? Die Zahl der Todsünden," rief Laura lachend. Dann setzte sie hinzu: „Ich habe ihr geschrieben."

„Ja, Laura, ich weiß es. Du warst gut und liebenswürdig; ich danke dir. Meine Schwester ist schlecht daran. Sie hatte gehofft, ich werde ihre Kinder versorgen."

„Das kannst du noch immer thun!"

„Aber . . . aber . . ."

„Wer hindert dich denn? Ich bin nicht egoistisch."

„Laura . . . und die unseren . . .?"

„Die unseren . . .?"

Signora Taramelli blickte ihrem Gatten voll in die Augen. Er senkte den Kopf. Sie lachte und klatschte in die Hände.

„Die unseren, sagst du? Andrea — sind wir Leute, Kinder zu bekommen?"

„Ha... warum denn nicht?"

„Geh doch... Jetzt sind wir zehn Monate verheiratet..."

Sie lachte nochmals laut auf, warf den Kopf nach hinten und streckte die schöngeformten, diskret kleinen Füße vor sich. Andrea schien verletzt. Er zählte zwölf Pillen ab, legte sie in ein Schächtelchen und streute pulverisiertes Süßholz darüber. Dann nahm er ein Bindfadenendchen, steckte das andere Endchen in den Mund und murmelte, während er den Faden um die Schachtel schlang, zwischen den geschlossenen Zähnen: „Gottes Wille geschehe! Man muß nie verzweifeln."

„Sei ruhig. Ich verzweifle nicht."

Neues Schweigen Andreas. Die Antwort schien ihn noch mehr verletzt zu haben.

In diesem Augenblicke traten die beiden Ärzte ein.

Sie erklärten, daß Lauras Kleid prachtvoll sei, granatgelb stehe ihr wunderbar, das Bajaderen-Blaßgold verdiene ein Sonett.

Laura wollte dieses Sonett hören. Der ältere Arzt improvisierte eines in der Manier des Petrarca; aber er fand keinen Beifall. Da behauptete er, der Cassiageruch benehme ihm die vis poëtica.

Man schäkerte, man lachte. Es wurde Essenszeit, man wußte kaum wie.

Die Gatten blieben allein.

Laura suchte irgend einen Gesprächsstoff, um sich mit Andrea nicht allzusehr zu langweilen.

Plötzlich rief sie aus: „Höre, Andrea!"

„Was, mein Täubchen?"

In Momenten der Spannung nannte er sie sein Täubchen.

„Wie wäre es, wenn du eins von den Kindern deiner Schwester zu uns einladen würdest? Wie alt sind sie?"

„Es ist jedes Alter vertreten."

„Gut. Die Ferien sind vor der Thür. Im Herbst ist der Aufenthalt in Culosa so angenehm."

„Wenn es dir recht ist . . ."

„Schreibe nur . . ."

„Welches von den Kindern soll kommen?"

„Das ist mir einerlei; ich kenne sie ja nicht. Am liebsten das netteste."

„Giulietta ist blond . . . ein Engel . . ."

„Also der blonde Engel."

„Aber sie ist launisch."

„Dann nicht. Ich kann die Launischen nicht leiden."

„Cesare ist ein Teufelchen."

„Also das Teufelchen."

„Aber er zerschmettert alles."

„Das ist bedenklich."

„Knaben sind nicht anders."

Ein Augenblick der Unschlüssigkeit.

Andrea fürchtete schon, seine Frau wolle nichts mehr von einem Besuche wissen. Er zeichnete mit dem Zahnstocher Kreuze auf das Tischtuch.

„Laß das, Andrea! Du ruinierst die Leinwand. Jetzt sieht man's nicht, wenn es aber aus der Wäsche kommt, sind die Fäden durchrissen."

Andrea gehorchte augenblicklich.

„Am besten ist's, wir überlassen das deiner Schwester. Sie soll uns schicken, wen sie will. Ja, ja — wir wollen es ihr überlassen."

Als die Frage solchermaßen gelöst war, erhob sich Laura. Sie fühlte die Größe ihres Edelsinns, und bewunderte sich selbst.

Abends, als die Schar ihrer Bewunderer wieder die Apotheke erstürmte, erzählte sie allen, was im Werke war. Sie gab sich ein recht mütterliches Ansehen.

Andrea schrieb sogleich an seine Schwester.

* * *

Einige Tage verstrichen.

Laura dachte nicht mehr an den zu erwartenden Besuch Viel lag ihr nicht an ihm.

Da erschien in der Dämmerung nach einem herrlichen Sonnenuntergange an einem der ersten Septembertage ein jugendliche Gestalt auf der Schwelle der Apotheke.

Andrea blickte erstaunt auf: er wußte augenscheinlich nicht wen er vor sich hatte.

Der Ankömmling schritt lächelnd näher.

„Alle Wetter! Beinahe hätte ich dich nicht mehr erkannt!" rief der Apotheker und öffnete weit seine Arme. „Du bist es, Hugo?"

„Richtig," antwortete eine helle Stimme.

„Du bist ja ein großer Bursche geworden!"

„Ja, lieber Onkel, die Zeit bleibt nicht stehen!"

„Und dieser Schnurrbart!"

„Spotte nicht, Onkel! Jedes Härchen ist heilig."

„Hi, hi, hi," lachte Andrea in fröhlichster Laune.

„Klein sind wir, doch wir werden wachsen ..."

„Laura, komm doch! Sieh, wen deine Schwägerin geschickt hat!"

In der Erwartung, die blonde Guilietta oder das Teufelchen Cesarino zu begrüßen, füllte Laura schnell die Taschen mit Zuckerzeug und eilte herbei. Als sie den Jüngling erblickte, blieb sie sprachlos stehen.

Darauf war sie nicht gefaßt gewesen. Sie wußte nicht, was sie sagen sollte. Nicht einmal, ob „du" oder „Sie" am Platze sei.

Der junge Mann half ihr sofort aus der Verlegenheit. Mit ausgestreckten Händen ging er auf sie zu und sagte ganz unbefangen: „Guten Abend, liebe Tante. Es freut mich, dich persönlich kennen zu lernen. Die Mutter hat mir aufgetragen, dich recht herzlich zu grüßen, ebenso die Geschwister."

Andrea war stolz auf die sichtliche Geistesgegenwart seines

Neffen. Er sah verstohlen seine Frau an und zwinkerte mit den Augen, als wollte er sagen: „Ein geweckter Bursche, nicht wahr?"

„Ich freue mich wirklich ... ich wußte nicht ...," stotterte Laura.

„Ich verstehe. Ihr hattet geglaubt, es werde eins von den Kleinen kommen, und nun ..."

„Nein, nein," protestierte Andrea. „Ihr seid uns ja alle gleich lieb."

„Ich bin überzeugt davon. Aber wißt ihr, weshalb gerade ich kam? Ich habe mein erstes Jahr Medizin hinter mir. Vor einem Monate habe ich — nebenbei: mit Auszeichnung — Prüfung gemacht. Nach den schmackhaften Früchten der Wissenschaft haben mir die herben Früchte unseres Hausgartens nicht recht behagt. Bei euch wird's mir gutgehen."

„Schelm," unterbrach ihn der Apotheker und klopfte ihn auf die Schulter.

„Ich kann mich nicht verstellen. Die Mutter behauptet, die Luft daheim tauge mir nicht: ich magere ab. Aber ich glaube, nicht die Luft, die Langweile ist schuld daran. So habe ich mir vorgenommen, euch zu besuchen. Cesarino hat zwar ganz verzweifelt geweint; aber ich habe ihm versprochen, daß ich ihm eingemachte Pflaumen mitbringe. Du siedest ja Obst ein, Tante?"

„Ich habe Vorrat."

Laura fühlte sich gedrückt. Sie konnte ihre Ruhe nicht wiedergewinnen. Sie, die doch mit den Männern so frei verkehrte, stotterte und errötete vor diesem Jüngling. Endlich faßte sie sich und fragte — ob er Hunger habe.

Wie ein Bär.

So ließ er sich nicht erst nötigen, sondern setzte sich bereitwillig an den Tisch, der in aller Eile mit einem halben kalten Huhn und einer Pyramide reifer Trauben bestellt wurde.

Andrea goß ihm Bier ein. Laura betrachtete ihn, während er es in durstigem Zuge schlürfte.

Er war ein lustiger, brünetter Bursche von achtzehn Jahren, ein richtiger Schelm, trotz seines offenen sympathischen Gesichtes, von dem man jede Seelenregung ablesen konnte Die lebhaften feurigen Augen verrieten, daß er bereits an Weibe Wohlgefallen fand, und die roten, lachenden Lippen bestätigten es. Schöne schwarze Locken umrahmten die Stirn die Gestalt war schlank, elastisch. Oft zupfte er an dem kaum merklichen Bartflaum, der — das wußte er wohl genau — die Küsse anzog, wie der Magnet das Eisen.

Nach beendeter Mahlzeit richtete der Oheim viele Fragen an ihn: betreffs seiner Familie, seiner Studien, der Fortschritte seiner Brüder.

Laura beschäftigte sich mittlerweile an dem Tische, unruhig, nervös.

„Hört," unterbrach sich Hugo mit einem Mal, indem er seine Virginia mit vieler Grazie aus dem Munde nahm und den Rauch zur Seite blies, um die Signora nicht zu belästigen. „Ich bitte euch, macht keinerlei Umstände und ändert an euren Lebensgewohnheiten nicht das Geringste. Es wäre mir peinlich, euch gestört zu haben."

„Mache dir keine Sorgen. Du bist uns sehr willkommen. Du mußt denken, daß du zu Hause bist. Nicht wahr, Laura?"

„Selbstverständlich. Ich fürchte nur eins ... Hugo wird sich langweilen."

„Langweilen? Das kenne ich nicht. Im Gegenteil: ich werde mich amüsieren. Wann geht ihr schlafen? Aufrichtig: um diese Zeit?"

„Ich denke, du wirst müde sein."

„Nicht im geringsten. Wenn ihr nichts dagegen habt, werde ich noch einen kleinen Spaziergang machen. Ich muß die Füße strecken. In dem Postkasten waren wir zusammengepreßt, ärger wie Pökelheringe. Neben mir saß ein holdes Mägdelein ... ihr Drücken that nicht weh — aber die anderen Nachbarn hatten eine, wie soll ich nur sagen — weniger reizende Druckfläche... Wo ist mein Hut?... Ah, tausend Dank, liebe Tante, auf fröhliches Wiedersehen in einem Stündchen."

Er grüßte, küßte Laura mit besonderer Galanterie die Hand und entfernte sich.

Andrea blickte ihm bewundernd nach; dann fragte er Laura, ob Hugo nicht das Ideal eines Neffen sei.

„Er ist ganz wie sein Vater," fügte er hinzu. „Er hat nicht das ruhige Blut der Taramelli. Nur eins macht mich besorgt: sein Vater starb an der Tuberkulose."

„Und daraus folgerst du...?" fragte Laura.

Andrea antwortete durch eine vielsagende Geste. Dann fuhr er fort, das offene und gewinnende Wesen Hugos zu loben.

In diesem Augenblicke kam der gewöhnliche Abendbesuch. Der Apotheker erzählte mit außerordentlicher Mitteilsamkeit von der Ankunft seines Neffen.

Laura schwieg.

Der bildschöne Jüngling, mit seinem dreisten und doch liebenswürdigen Wesen, mit seiner freimütigen Schelmerei, hatte in ihrem Herzen einen Ton geweckt, der lange und intensiv nachzitterte, wie die Saite einer Äolsharfe: ein Seufzer der Jugend, ein Zucken unaussprechlicher Schwermut und übelnder Fröhlichkeit.

Sie zog sich in ihr Inneres zurück, um diesen Klang austönen zu lassen und zu lauschen, wie er vibrierte und leise hallte. Sie fühlte, wie der Ton gleich der blauen Woge, die das Gestade küßt und sich spielend zurückzieht, in das Unbekannte verschwebte. Mit sich aber riß er eine geheimnisvolle Kraft ihres Herzens und erfüllte es mit namenlosem Leide.

An diesem Abend fühlte sie sich verstimmt und traurig.

Der ältere Arzt, dem es durch poetische Anleihen bei berühmten Meistern gelungen war, ein komisches Sonett zu-

sammenzubringen, bot ihr im Triumph dieses Poem an. Abe
Laura rief mit einer Empfindung des Ekels aus: „Wie kan
man sich nur mit solchen Thorheiten abgeben!"
Alle erschienen ihr heute albern und nichtssagend; si
haßte sie.
Sie war unhöflich und zeigte so schlechte Laune, daß un
neun Uhr niemand mehr da war.
Sie aber eilte auf ihr Zimmer, warf sich angekleidet au
ihr Bett, und weinte und schluchzte in einem jener nervöse
Krampfanfälle, die sie seit ihrer Verheiratung nicht mehr ge
habt hatte.
So vernahm sie, wie Hugo zurückkehrte und wie Andre
geräuschvoll die Thür der Apotheke schloß.
„Laura ist schon zu Bett," sagte ihr Mann. „Sie be
findet sich heute Abend nicht wohl. Aber es wird nichts z
bedeuten haben."
„Ich bitte dich, sie von mir zu grüßen," antwortete Hu=
gos helle Stimme. „Ich habe ihr diese Blüte mitgebracht
Willst du sie ihr geben?"
Laura entkleidete sich hastig, verbarg sich unter den Kissen
und zog die Bettdecke über den Kopf. Durch eine kleine Lücke
aber folgte sie den bedächtigen lautlosen Bewegungen ihres
Gatten, der, nachdem er das Zimmer betreten, ein Glas mit
Wasser füllte, die Blüte hineinstellte und dann die Blume
vors Fenster gab. Er war vorsichtig: Pflanzen im Schlaf=
zimmer sind ungesund.
Und er entkleidete sich, mit großer Vorsicht, um Lauras
Schlaf nicht zu stören, legte sich behutsam zu Bett und löschte
das Licht aus.
Einige Minuten lang drang durch die geschlossene Thür
des Ehegemaches ein frisches Lied, das Hugo lustig vor sich
hinträllerte, dann fielen lärmend zwei Stiefel auf den Fuß=
boden; dann ward es ganz stille.

* * *

Laura war gewohnt, jeden Morgen in den Hof herab=
zugehen, um aus dem „Gärtchen" ein Salbeiblatt zur Pflege
ihrer Zähne zu holen. Sonst interessierte sie sich wenig für
Blumen: sie war nicht poetisch veranlagt.

Der zitternde Thau auf den Rosenblättern, die bunten
Schmetterlinge, kurz alles, was sentimentalen Leuten gefällt,
machte gar keinen Eindruck auf sie.

Besonders Stiefmütterchen, die Lieblinge so vieler Men=
schen, fand sie geradezu häßlich. Sie erschienen ihr wie die
Gesicher alter Frauen mit Hauben und Augengläsern, oder
wie Katerschnauzen mit Schnurrbärten, oder wie abscheuliche
Hundsköpfe mit zottigen Ohren. Ein Strauß von Stief=
mütterchen war in ihren Augen die lächerlichste Vereinigung
grotesker Physiognomien.

An diesem Morgen kräuselte sich ein rosiger Nebel über
dem Gärtchen.

Laura fand es duftiger, schöner als gewöhnlich. Ein un=
gewohnter Wohlgeruch stieg aus den Blumenkelchen hervor.
Kein Kater, kein altes Gesicht grinste aus den bunten Blät=
tern der Stiefmütterchen.

„Hast du gut geschlafen, Tante?" fragte Hugo, der neben
ihr auf dem schmalen Pfade einherschritt.

„Ich danke, Hugo."

Sie vermied die Ansprache in zweiter Person. Sie fühlte
sich furchtsam und befangen.

Hugo besaß die verhängnisvolle Gabe der Vertraulichkeit.
Mit Menschen, die er zum erstenmal sah, konnte er so spre=
chen, als wären sie ihm seit Jahren bekannt. Er gab sich
Laura gegenüber so, als hätten sie immer nebeneinander ge=
lebt. Das „Du" kam zwanglos über seine frischen Lippen.
Es war der Ausdruck einer verführerischen Hingabe, die Laura
zugleich bezauberte und erschreckte — wenn sich diese Gefühle
nicht überhaupt immer ergänzen.

„Wie bringst du deine Zeit zu? Liesest du?"

„Ab und zu, wenn ich einen interessanten Roman bekomme."

3

Damals galten als interessante Romane für junge Männer: „Han d'Island", „Der Graf von Monte Christo", „Saint Clair Montheit oder die Verbannten auf der Insel Barra", „Die drei Musketiere"; für empfindsame Damen: „Mathilde zur Zeit der Kreuzzüge".

Laura hatte dies alles gelesen.

„Und Gedichte?"

„Gedichte . . . die sind so . . . langweilig," antwortete Laura zögernd, wie jemand, der seines Urteils nicht sicher ist.

„Je nachdem. Lord Byron zum Beispiel, ist nichts weniger als langweilig. Einen Band habe ich im Koffer; er wird dir gefallen. Ich weiß ganze Seiten auswendig. Es ist wundervolle Poesie. Liebe, Eifersucht, Haß und Rache kann man nicht mit glühenderen Farben schildern."

Sie setzten sich in gleichzeitiger Bewegung auf eine primitive Bank.

Hugo fuhr fort: „Und Prati? Welch ein Poet! So süß und doch so kräftig! Wie wundervoll klingen die Verse aus seiner ‚Edmenegarda':

> Der Ort war einsam und die Sonne starb,
> Die Seelen neigten sich zur Traurigkeit,
> Und er gefiel ihr und sie ward die Seine.
> Im Paradies gewoben schien die Kette.
> Er liebte sie mit jener heißen Liebe,
> Die alles Denken an vergangne Wonne,
> Die alle Hoffnung künftigen Glückes tilgt.
> O diese Schreckensliebe, wenn sie losreißt,
> Dann furcht sie blutig tief die Menschenseele.

Laura preßte die Hand ans Herz, ihr Antlitz war bleich, die Augen leuchteten. Erregt, mit zitternder Stimme fragte sie: „Ist auch dieses Buch hier?"

„Nein. Aber ich werde es mir schicken lassen."

Er bemerkte, welchen Eindruck sein Vortrag auf sie gemacht hatte. Mit Interesse sah er sie an. Es war, als überspringe zwischen ihnen ein elektrischer Funke.

Sie schwiegen.

Lauras Kleid, weiß und leicht, mit zarten blauen Quer=
linien, paßte vortrefflich zu ihrem Teint, zu ihrem Wuchs
und zu den großen, schwarzen Augen.

Ihre schlanken, aber wohlgeformten Arme, halbverloren
in einer Wolke von Spitzen, drückten sich wie krampfhaft auf
die Büste. Der Ausschnitt des Kleides zeigte in seiner Zeich=
nung den Umriß der Schultern, in jener stimmungsvoll
künstlerischen Zartheit, die Leute ohne Geschmack leicht mit
Dürftigkeit verwechseln. Eine schwere Haarflechte bewegte sich
in leisen Schwingungen auf dem Nacken, im Schatten tief=
schwarz, aber leuchtend wie Feuer, wenn sich die Sonne dar=
auf legte.

Unzählige Fältchen verbanden, von der Schulter ausgehend,
das Kleid mit der Taille. Ein blaues Band hielt sie enge
zusammen und übte zwischen Busen und Hüften einen schwel=
lenden Druck aus, voll sinnlicher Grazie.

Lauras Schönheit, deren Knospe sich so spät erschlossen,
hatte ihr einen triumphierenden Ausdruck trunkenen Stolzes
in die Züge gezaubert, der wunderbar dazu beitrug, diese
Schönheit zu erhalten. Die Leidenschaftlichkeit, die sie inner=
lich durchflammte, verlieh ihrer Haut einen leuchtenden Re=
flex. Es lagerte um sie etwas Berückendes, wie eine elek=
trische Dunsthülle: wehe, wenn der Funke zündete!

Weshalb schwieg Hugo noch immer?

Eine plötzliche Verlegenheit hatte sich auch seiner bemäch=
tigt; er zerknitterte leicht zwischen den Fingern das blaue
Band, das ein leiser Windhauch auf seine Knie geweht hatte,
und langsam, allmählich hob er den Blick und blickte tief in
die Augen, die jetzt forschend den seinen begegneten.

Geheimnis des Herzens! Seine Verlegenheit gab Laura
Mut.

Vielleicht las sie in seinem jugendlich aufrichtigen Blick
die wachsende Verzagtheit, und diese Entdeckung verlieh ihr
Kraft. Ohnmächtig macht eine Frau nur der Zweifel.

„Sag mir die Wahrheit," rief Laura plötzlich auflachend,

um mit einem Scherze den Sturm zu maskieren, der ihr in leidenschaftlicher Freude das Herz durchtobte, „sag mir die Wahrheit: du hast dein Herz auf der Universität gelassen?"

„Wie kommst du zu dieser Frage?" antwortete Hugo, ohne ihre Heiterkeit zu teilen.

„Es kam mir so vor... Du hast vorhin die Verse so seltsam gesprochen..."

Er schüttelte den Kopf, und jetzt lächelte auch er.

„Schlecht geraten, liebenswürdigste Tante!"

Das Thema wurde fallen gelassen. Sie sprachen von gleichgültigen Dingen, ungezwungen, ohne Befangenheit, wie gute Freunde.

Von Zeit zu Zeit faßte er wie unbewußt das blaue Band und ließ es wieder los. Er zerknitterte es zwischen den Händen; einmal berührte er es vorsichtig mit der Schärfe seiner Zähne.

Die Weinranken des Altans schaukelten zu ihren Häupten breite, zackige Blätter, und ließen auf Lauras weißem Kleide Licht und Schatten spielend wechseln.

Eine Raupe fiel von oben auf die Schulter des Jünglings. Laura schnellte sie hinweg; dabei geriet Hugos Krawatte in Unordnung. Da sie die Binde langsam und sorgfältig zurechtknüpfte, verspürte sie den Hauch seines frischen Mundes.

Sie merkten nicht, wie die Zeit enteilte: ein außergewöhnliches, süßes Wohlbehagen hielt sie auf der Bank fest.

Eigentlich war diese nur ein hölzernes Brett, primitiv festgenagelt auf zwei Stützen von aufeinandergehäuften Ziegeln. Die geringste Erschütterung brachte es zum Schwanken: die schwingende Bewegung ließ sie jedesmal erzittern.

Sie blickten einander lächelnd an, als wäre es Kinderei; aber Laura errötete, und Hugo preßte die Lippen zusammen.

* * *

Das Poetische dieser Liebe war ihre Unausgesprochenheit. Beide gaben sich völlig dem berückenden Zauber hin, der sie erfaßt hatte, ohne zu fragen, ohne nachzudenken.

Der unüberlegte Knabe und das leidenschaftliche Weib steuerten von verschiedenen Ausgangspunkten demselben Ziele zu. Für Hugo war es ein toller Streich, für Laura die Erfüllung zwanzig Jahre währender Sehnsucht, emporgereizt und gesteigert durch Krämpfe und Thränen.

Was ist stärker: die Leidenschaft eines jungen Kriegers, der im ersten Kampfe den Pulvergeruch verspürt, oder die Leidenschaft des Schiffbrüchigen, der sich an die heißgesuchte, rettende Planke klammert?

Es mag viele Ursachen der Trunkenheit geben: die Folgen bleiben sich gleich.

Vierzehn Tage später gebrauchte Hugo nicht mehr das Wort „Tante". Er behauptete ernstlich, „Laura" klinge kürzer.

Sie sahen einander den ganzen Tag; sie plauderten stundenlang, die Zeit verflog wie im Traume. Sie philosophierten und citierten bei jeder nichtigen Gelegenheit Verse — auch Laura.

Hugo hatte ihr seinen Byron geliehen. Eine ganze Nacht hindurch schlief Laura nicht, um die „Parisina" zu lesen und wieder zu lesen.

Sie war überreizt, fortgerissen in beständiger Ekstase, die ihr alle Kraft benahm und sie während der Zeit, wo sie nicht mit Hugo beisammen war, lange Stunden im Armstuhl hingelehnt verbringen ließ, grübelnd, lässig, alles um sich vergessend.

Abends, wenn sich die Männer in der Apotheke zusammenfanden, fühlte sie sich gelangweilt und war zerstreut.

Die beiden Ärzte und die anderen Freunde Andreas, die von ihr kaum ein freundliches Wort zu hören bekamen, dafür aber Unhöflichkeiten und Verweise, hörten langsam auf, sich um sie zu kümmern. Man sprach vom Landbau, von der Seidenzucht; man kommentierte die schwarzgelbe Politik des „Eco della Borsa", auf welche Zeitung man zu dritt abonniert war.

Oft verließ Laura die Gesellschaft, ohne sich erst zu empfehlen. Sie ließ ihren Strickstrumpf auf dem Sessel liegen, damit ihr Fortgehen nicht auffalle. Am liebsten suchte sie ihren Sitz im Garten auf.

Nicht immer, aber doch sehr oft kam ihr Hugo am späten Abend nach.

Eine Frau ist niemals um einen Vorwand verlegen, der ihre Launen zu rechtfertigen vermag. Vor grauen Zeiten hat jemand genialerweise die Nerven eigens für die Frauen erfunden: Laura beschuldigte also ihre Nerven der Unruhe, und fand, daß sie die verschiedenen Gerüche der Apotheke, zu denen sich überdies der Pfeifenqualm der Männer gesellte, nicht länger ertragen könne.

Um zehn Uhr, um halb Elf, zur Zeit, wo man sich seit undenklicher Zeit im Hause Taramelli zur Ruhe begab, fand Laura keinen Schlaf. Es war ihr unmöglich — wieder zufolge ihrer Nerven — so früh zu Bett zu gehen.

Andrea hingegen war gewöhnt, früh morgens aufzustehen; für ihn war es eine Notwendigkeit, zeitig ins Bett zu kommen. Wenn Laura ins Zimmer kam, lag er zumeist schon in tiefem Schlafe.

Sie lebte jetzt in einem Taumel, in zitternder Aufregung.

Hugos Ferien gingen zu Ende. Die kurze Zeit, die ihrer Liebe nur mehr vergönnt war, steigerte ihre Leidenschaft zur Verzückung.

Der Septembermond überraschte ihre Umarmungen unter den Bäumen des keuschen Gärtchens, die nie zuvor solcherlei erlebt hatten. Vielleicht flüsterten zornig die Stiefmütterchen, die sich schamerfüllt im Grase bargen: die üppigen Rosen richteten sich gerade empor auf ihren Stengeln und lauschten.

Leise und melancholisch schwanden die Stunden der Nacht und breiteten sich aus über die schweigsamen Häuser, die vereinsamten Straßen von Culosa.

Die Liebenden zählten sie in banger Angst und drückten einander die Hände.

Jede Minute trug einen Funken ihrer glühenden Leidenschaft von dannen und raubte ihnen einen Kuß; die Zeit erstattet ihren Raub nicht zurück.

Frauen bewahren sich leicht die Jugend des Herzens. Laura fand ihre fünfzehn Jahre in ihrer Leidenschaft für Hugo, wie sie bereits, um ihm zu gefallen, ihre Schönheit wiedergefunden hatte. Sie weckte und empfing Hugos Liebkosungen mit Ausbrüchen unerhörter Leidenschaft, mit jenem tiefinnerlichen Gefühle der Liebe, das man nur dann empfinden kann, wenn man nahe daran ist, sie zu verlieren.

Hugo nahm alles mit naivem Stolze hin. Er glaubte, er allein habe den Sturm in ihr erweckt; er wußte nicht, daß Laura ihm jedes Herzpochen ihrer entschwundenen Jugend, jedes Zucken ihrer Phantasie schenkte — er ahnte nicht einmal, daß er ungeduldig Schätze verstreute, die sich in diesem so spät erschlossenen Frauendasein seit Jahren und Jahren aufgehäuft hatten.

Beide betrogen einander, ohne es zu wissen und zu wollen. Und sie waren glücklich dabei.

Je näher der Tag der Trennung kam, desto länger blieben sie beisammen, und die leuchtenden Augen des Knaben begegneten Lauras verschmachtenden Blicken; sie schienen etwas zu fordern, das sein Mund nicht auszusprechen wagte.

In der letzten Nacht, die den Liebenden vergönnt war, begegneten sie einander in solcher Traurigkeit, daß Thränen ihr einziger Gruß waren.

Laura fühlte sich schwach; kaum vermochte sie zu gehen.

Der Jüngling führte sie zu der zerbröckelnden Treppe; schweigend setzten sie sich auf die Trümmer.

Schimmernder Mond! Schreibe unter deine tausend und mehr als eine Nacht auch diese.

„Hugo, mir ist's als müßte ich sterben! Wozu auch leben, wenn du fortgehst?"

„Ich komme wieder!" rief Hugo lebhaft und legte einen Arm um ihre Hüften, so daß sie ihr Haupt auf seine Schultern beugen mußte.

„Du kehrst wieder..."

Was konnte ihr die Zukunft bringen! Laura fühlte an einer unmerklichen Empfindung von Bitterkeit, daß der Becher zur Neige ging.

Seufzend zog sie sich zurück und preßte die Stirn auf spärliches Moos, das zwischen den Steinen lagerte.

Ihre losen Flechten küßten den Marmor der Treppe; das weiße Kleid ließ sie wie eine Statue erscheinen, die auf dem Deckel einer Gruft ruht, aber ihr Herz schlug wild und stürmisch an dem Hugos. Hugo war bei ihr, Hugo sprach zu ihr mit feurigen Worten; Hugo schwur, daß er sie liebe.

* * *

Ein Geräusch auf dem Altan unterbrach die Ekstase der Liebenden.

Erschreckt fuhren sie empor, mit gespanntem Ohr; die Angst war die erste Frucht ihrer Sünde.

Aber es war nichts.

Alles schwieg. Ein leises Rauschen zog durch die Bäume; an der alten Mauer schwankte der Wein, der Altan schien verlassen.

Zitternd stiegen sie die wenigen Stufen empor, um sich zu vergewissern. Ein tags zuvor hier vergessener Sessel lag umgeworfen auf dem Boden; vielleicht hatte er bereits früher so hier gelegen oder hatte ihn vorhin eine Katze umgeworfen und sie durch das Geräusch erschreckt.

Keine Spur, daß sonst jemand hier war.

Der Mond schien ruhig, klar; er schickte sein Licht in jeden Winkel. Mit Vorliebe weilte er auf dem Moos und Epheu der verfallenen Stiege und zog dort phantastische Schatten.

Mit Streifen blendenden Silbers glitt er über die Dächer

hin und entzündete Funken auf den Scheiben der geschlosse=
nen Fenster.

Ein schimmernder Dunst, voll schwerer Wohlgerüche, ge=
heimnisvolle Harmonien zitterten durch die Luft. Es war,
als breite sich ein großer Schleier aus zwischen den Lieben=
den und der Welt.

Hugo preßte Laura an seine Brust. Er lehnte sich an
eine Weinranke.

Sie sprach kein Wort.

Der zierliche Knabe bog sich nieder zu ihrem Ohre und
flüsterte mit leidenschaftlich getragener Stimme:

> Der Ort war einsam und die Sonne starb,
> Die Seelen neigten sich zur Traurigkeit,
> Und er gefiel ihr und sie warb die Seine.
> Im Paradies gewoben schien die Kette,
> Die alles Denken an vergangne Wonne,
> Die alle Hoffnung künft'gen Glückes tilgt.

Und mit dem Ausdruck verzweifelnder Betrübnis fügte
Laura hinzu:

> O diese Schreckensliebe, wenn sie losreißt,
> Dann furcht sie blutig tief die Menschenseele.

„O denke nicht daran! Ich werde dich ewig lieben! Wo
könnte ich ein Weib finden, so liebevoll, so zärtlich, wie
du es bist? Und du bist auch schön, Laura, sieh mich an —
ja du bist schön!"

Er drückte einen heißen Kuß auf ihre Lippen; sie erwi=
derte ihn wie in Fieberglut.

Es war ihr zu Mute, als ströme ihr ganzes Leben in
diesen Kuß über.

Die vergangenen Jahre, die kommenden, die Familie, die
Freunde, die ganze Welt — was lag ihr an alledem?

Die leidenschaftliche Begierde dieses jungen Mundes ent=
flammte ihr Sein; sie kam sich vor, wie ein Gestrandeter,
der zur Daseinsempfindung zurückkehrt. In ihrer grenzen=
losen Frauengroßmut dachte sie nicht daran, wieviel sie zu
Hugos Leidenschaft beigetragen hatte.

Ihr Antlitz war dem Jünglinge zugekehrt. Sie empfand gesteigerte Wonne. Die spärlichen Freuden der Vergangenheit kamen ihr in Erinnerung — ihre traurige Mädchenkammer, die Blumen, die Bücher, die Stickereien, die nichtigen Träume; und fester als je klammerte sie sich an die Glückseligkeit des Augenblicks, die einzige irdische Glückseligkeit, die sich dem Himmel nähert.

So glaubte wenigstens Laura.

Wer ihr gesagt hätte: die Liebe ist eine Täuschung, eine Kombination von Farben, gleich dem Regenbogen, gleich der Fata Morgana; sie leuchtet und verlöscht!

Wer ihr das gesagt hätte, in diesem Augenblicke übermenschlicher Empfindung!

Sie mußten sich losreißen. Sie sagten einander Lebewohl, sie gingen und kehrten zurück — nochmals, nochmals...!

Es scheint unmöglich, dieser Qual standzuhalten. Man glaubt nicht, daß die Welt so gefühllos, daß der Himmel so ungerecht ist, dies zu dulden. Von einem Augenblick zum anderen erwartet man eine Katastrophe. Wenn das Firmament einstürzte? Wenn sich die Erde spaltete? Wenn die Elemente in ihr erstes Chaos zusammenflössen, und die Liebenden allein — allein — von Stern zu Stern emporflögen zu jenem, von ewigem Lichte erfüllten Raum, dem die Seufzer aller Liebesschmerzen gelten!

Aber nichts von alledem geschieht.

Der Himmel bleibt unbewegt; die Sterne blicken hernieder, mit kalten Augen; der Mond bescheint die Mauer und erleuchtet einer verspäteten Eidechse den Weg.

Langsam schritten die beiden durch den Garten zurück. Sie hielten stille bei den Gebüschen, bei den Bäumen, bei den Steinen, bei den Biegungen des Pfades. Sie zählten die Minuten, die ihnen noch blieben; die Küsse zählten sie nicht.

Wie sie Abschied nahmen, ist ein Geheimnis; Laura wenigstens wußte es nie.

Wie eine Nachtwandlerin trat sie in ihr Zimmer. Sie ging zu Bett, aber schlafen konnte sie nicht. Sie blieb wach, mit weitgeöffneten Augen, in verworrenen Gedanken.

Um zehn Uhr morgens reiste Hugo ab. Verlegen, befangen reichte er Laura die Hand zum Abschied; als er seinen Onkel begrüßte, errötete er heftig. Andrea war beschäftigt; er blickte ihn kaum an. Keiner von beiden sagte: „Auf Wiedersehen!"

Laura begleitete ihn bis zum Thore. Ihre Pulse stürmten, ihr Kopf brannte. Sie verbarg ihr Fieber durch ein gezwungenes Lächeln, aber sie verstand nicht ein einziges Wort von dem, was Hugo zu ihr sagte.

Sie verbrachte den Tag eingeschlossen in ihrem Zimmer. Abends kam sie mit entsetzlichem Kopfweh zur Mahlzeit. Sie blieb stumm, auch Andrea sprach keine Silbe. Nur der Gehilfe aus dem Laboratorium suchte durch Gesten ihre Aufmerksamkeit auf eine sehr sonderbare, wenn auch in der Geschichte der Menschheit nicht einzig dastehende Thatsache zu lenken.

Das Haar des Apothekers war über Nacht ergraut.

*   *   *

Welche Qual, sich in verlassenem Hause einherzubewegen, sich zu sagen: „Vor wenigen Tagen war er hier! Auf dieses Sofa setzte er sich; dieses Buch berührte er; diesen Sessel hob er; dieses Bild betrachtete er! Hier sprach er zu mir, hier drückte er mir die Hand; überall leuchtete der Schimmer seiner Schönheit, die Grazie seines Lächelns — und er ist nicht mehr da!"

Während der ersten Tage ist es unmöglich, die Gedanken abzulenken. Man schwankt umher, eine verlorene Seele; man sammelt Erinnerungen, man atmet jenes Etwas ein, was von ihm in der Luft, im Gewande, in den Falten eines Handschuhs zurückblieb.

In diesen Tagen geht immer jemand vorüber, dessen

Stimme wie die seine klingt — man hört sie bebend, mi[t] krankhaft verhaltener Bewegung — und im Gedächtnis zeich[-] net man sein Antlitz, ganz, von der stolzen Stirn bis z[u] dem anmutigen Kinn, und man wiederholt sich leise: „S[o] genau so pflegte er zu lachen!"

Beim Gehen fühlt man sich so unsicher — der Weg er[-] scheint so lang! Man sieht schwarze Flecken, die sich vor[-] wärts bewegen; es sind die Menschen. Aber was wollen si[e] in dieser Welt, die von einer einzigen Idee, die von ih[r] erfüllt ist!

Allmählich beruhigt sich das Fieber. Es folgt melanch[o-] lische Müdigkeit, Erschlaffung. Nur die Hoffnung auf ei[n] Wiedersehen überdeckt die Trauer mit den Blüten schön[er] Träume.

Das ist die Zeit der langen zärtlichen Briefe, mit ein[-] geschlossenen gepreßten Vergißmeinnicht, mit Veilchen, m[it] Locken, die von rosaseidenem Bande zusammengehalten wer[-] den. Es ist eine sentimentale Periode, voll Hingebung un[d] Zärtlichkeit, in der jeder Jüngling ein Jacopo Ortis, je[de] Frau eine Madame de Sevigné wird.

Die alten Mauern des Hauses Taramelli hatten so le[i-] denschaftliche Ausbrüche wie den Schmerz Lauras noch nic[ht] gesehen.

Als der Paroxysmus vorüber war, bewegte sie sich w[ie] ein Automat. Mechanisch kam sie den Verpflichtungen d[es] Tages nach. Sie war sozusagen in zwei streng gesonder[te] Teile geteilt, deren besserer nicht zugegen war.

Hugos kurze Anwesenheit schien doch ein Gutes g[e-] habt zu haben: die müßige Neugierde der Leute hatte si[ch] nicht mit ihr beschäftigt. Lauras Seltsamkeiten, ihre Rei[z-] barkeit, ihre schlechte Laune wurde auf Rechnung von hu[n-] dert Ursachen gesetzt, die mit der wahren nichts zu schaff[en] hatten.

Manche Leute sagten: „Sie kränkt sich, weil sie kinde[r-] los ist."

Die Strafe.

Dieser Ansicht war auch der ältere Arzt. Er fühlte ihr jeden Abend in der Apotheke den Puls.

Einmal aber faßte er mit zwei Fingern Lauras Arm, schloß die Augen mit malitiösem Zwinkern und räusperte sich.

„Hm! Hm!"

„Was bedeutet das ‚hm, hm'," fragte Laura. „Tod oder Leben?"

„Bleiben wir beim Leben."

Laura errötete bis über die Schläfen und biß sich auf die Lippen.

* * *

Vier Wochen später verbarg es sich nicht mehr, daß sie sich Mutter fühlte.

Sie litt unsäglich durch jene tyrannischen Übligkeiten, welche die besten Frauen während dieses Zustandes schroff machen. Doch alle übten Nachsicht.

Es war Winter.

Man ließ sie unbehelligt in ihrem Stübchen, das warm versteckt war hinter der mit Schutzräumen versehenen Thür. Das Zimmer war schmal und lang; an der einen der beiden kurzen Seiten stand der Kamin, an der andern befand sich das Fenster.

Über dem Kamin hing in weißem Holzrahmen ein Wandspiegel. Er trug eine geschnitzte Lorbeerkrone mit vergoldeten Blättern und roten Beeren.

Mitten auf der Marmorplatte ruhte auf zwei Säulchen von Kirschholz unter einer Glasglocke eine altdeutsche Uhr mit arabischen Ziffern auf dem porzellanenen Zifferblatte. Zu beiden Seiten trugen spiralförmige Messingleuchter, steif wie Schildwachen, Kerzen, die seit wenigstens zehn Jahren unberührt dastanden. Zwischen Uhr und Kerzen schien eine geheimnisvolle Sympathie obzuwalten.

Gegenüber öffnete sich das Fenster auf die Straße. Es war durch eiserne Querstangen vergittert. Die Scheiben hatten kettenstichgestickte Vorhänge mit durchbrochenen Rosetten.

Lauras Sessel ruhte auf einer hölzernen Stufe, wegen des bessern Lichtes und auch zum Schutze gegen die Feuchtigkeit des Bodens. Auf dem Sessel und unter ihren Füßen lagen überdies zwei gutgefüllte Federkissen.

Mitten im Zimmer stand ein runder Speisetisch, um ihn herum vier mit ihren Messingbeschlägen eitel prunkende Sessel. Schimmernd hob sich das Gelb von dem dunklen amerikanischen Leder ab. Diese Sessel, symmetrisch um den Tisch gestellt, schienen aufmerksam eine Marmorschale mit Marmorfrüchten zu betrachten, die auf der Deckplatte thronte.

Wenn Obst auf den Tisch kam, wurde die Marmorschale weggenommen; später wurde sie wieder hingestellt, genau auf denselben Platz, nicht um eine Linie weiter. Dieser Platz war durch vier phantastische Drachen vorgezeichnet, die einander in die Schwänze bissen.

Ein fahles Licht drang durch die eisernen Gitterstangen und die Vorhangrosetten ins Gemach. Nur mittags grüßte ein Sonnenstrahl; wie ein Freund schien er zu sagen: „Guten Tag, Laura!"

Dann lachte alles in dem Gemache: der wie ein Dichter von Lorbeer gekrönte Spiegel, die Uhr, die Leuchter, die Sesselbeschläge. Die Marmorfrüchte auf der Schale aber schienen zu reifen.

Laura vergötterte diesen Sonnenstrahl; er war so kurz, so zaubergewaltig wie ihre Liebe. Sie sog ihn ein, indem sie den Kopf hob, und das Kinderkleidchen, an dem sie nähte, auf den Schoß fallen ließ. Einen Augenblick lang wob es sich wie eine Aureole um ihr Haar und vergoldete die Biegung ihres Halses und die Locken, die der Schleife entflohen waren.

Mit einem Male verschwand die Sonne. Laura nahm ihre Arbeit wieder auf. Das fahle, ruhige Licht gelangte wieder zur Herrschaft in der Kammer.

Es herrschte tiefe Stille. Der leise, regelmäßige Gang der altdeutschen Uhr wiegte durch seine Gleichförmigkeit Lauras Gedanken ein.

* * *

Wenige Liebende haben den Mut, sich zu fragen: „Wohin steure ich?"

Sie ziehen es vor, die Seele hierher und dorthin schweifen zu lassen. Das Unbegrenzte verführt sie; wenn man um jeden Preis glücklich sein will, ist genaue Kenntnis der Zukunft von Schaden. Lieben, geliebt sein — das ist die ganze Wissenschaft jener bevorzugten Menschenkinder, die, umgeben von Sterblichen, sich nicht im geringsten um die Götter kümmern.

Alle glaubten, Laura gehe in dem furchtsamen und doch so süßen Nachdenken über die Zukunft auf. In Wirklichkeit aber hatte das Muttergefühl in diesem erregten Herzen noch keine Wurzel geschlagen. Es bestand höchstens als eine Art Neugierde. So schrieb sie kurz darüber an Hugo, zwischen langen Seiten leidenschaftlicher Delirien.

Die Beschwerden ihres Zustandes mehrten sich.

Die Müdigkeit und das Gefühl des Unwohlseins schienen ihr Hindernisse für den freien Flug ihrer Liebe. Sie fühlte, welcher Abgrund zwischen ihr, der Schwerfälligen, und dem dreisten, achtzehnjährigen Knaben gähnte. Was würde er wohl sagen, wenn er sie nun sähe, müde, unschön, mit den tiefen Furchen unter den Augen? Würde er sie dann auch noch lieben? O! nochmals jung, nochmals schön werden, nochmals ganz und gar für ihn geschaffen!

In trübsinnigen Augenblicken, wenn sie sich schwach fühlte, wenn sie ihre Reize zugleich mit ihrem Wohlbefinden gefährdet sah, dann war Laura versucht, ihrem Zustand zu fluchen. Sie empfand einen namenlosen Zorn gegen das unbekannte Wesen, von dem sie so tyrannisiert wurde.

Sie hatte soviel Pathetisches über die Mutterliebe gelesen und sprechen gehört; nun erschien es ihr als Übertreibung.

Nein, es war unmöglich, daß sie sich diesem Geschöpf hingeben konnte, das sie ärgerte und quälte, noch bevor es in[s] Dasein trat!

Kinder hatten ihr überhaupt nie gefallen.

In einzelnen Augenblicken entsprühte, ohne ihr Wisse[n] und Wollen, ein milder Strahl dem großen Brande, der s[ie] verzehrte. Er beleuchtete ihr die Poesie der Wiege; sie sa[h] einen kleinen Engel lächeln und ihr die Händchen entgegen strecken, als flehe er um Erbarmen. Flüchtige Bilder, di[e] vor dem Gedanken an Hugo zerflossen, wie Nebel im Sommer

Auch Andrea, der stumm und schweigsam seiner Beschäf[‍]tigung nachging, sprach nie von dem erwarteten Ankömmling. Armes Kind! ein kalter Empfang wurde ihm bereitet Nur die Freunde in der Apotheke beschäftigten sich mit de[r] Angelegenheit, besonders der ältere Arzt. Er sagte vorau[s] und ging eine Wette darauf ein, Andrea, der jetzt so frostige, werde der zärtlichste aller Väter werden.

Der Apotheker lächelte dann wohl, aber nervös, mit einen[l] Zucken um die Lippen. Er richtete den Blick vor sich hi[n] ins Leere, so das niemand in seinen Augen lesen konnte Dauerte der Scherz länger, dann röteten sich seine Wange[n] vor innerer Erregung; aber er erhob keinen Widerspruch.

Der Winter war rauh und traurig.

Hugo hatte dem Onkel in einem offiziellen Briefe seine[n] Besuch für Neujahr angekündigt. Laura fieberte vor Erwar[‍]tung. Da meldete ein Brief ihrer Schwägerin, daß Hug[o] krank zu Bette liege. Lauras Fieber änderte den Charakte[r] Der stürmischen Ungeduld folgte verzweiflungsvolle Angst.

Sie setzte sich sofort in Korrespondenz mit Hugos Mut[‍]ter. Sie sprach davon, daß sie Hugo besuchen wolle ...

Andrea machte sie ernsthaft aufmerksam, daß es ih[re] erste Pflicht sei, für sich selbst zu sorgen. Zu fahren wär[e] unklug, er werde ihr das nicht gestatten. Es war da[s] erste Mal, daß er ihr widersprach. Laura war hartnäcki[g] aber sie entdeckte in ihrem Gatten eine Willensfestigkeit, di[e]

Die Strafe.

sie nie vorausgesetzt hätte. Gereizt suchte sie Scenen herbeizuführen, aber erfolglos. Andrea verließ ruhig das Zimmer, wenn sie zu heftig wurde.

Es kam der Fasching. Hugo war noch nicht genesen. Auf Lauras Drängen entschloß sich Andrea seinen Neffen zu besuchen.

Zwei lange, tödliche Tage blieb er abwesend, zwei Tage, die für Laura der Agonie glichen, zwei Tage, die schwer und herzbeklemmend auf ihrem Fühlen und Denken lasteten.

Am dritten Tage lauschte sie, schwach, weil sie seit zwölf Stunden keine Speise berührt hatte, an der Thüre. An der Wand suchte sie eine Stütze. Sie war nicht gekämmt. Der kalte Märzwind blies durch den langen Gang und warf ihr das ungeordnete Haar ins Antlitz. Zwei tiefe Furchen zogen sich über ihre Wangen und langsam rollten in ihnen Thränen, sicher, die auf wohlbekanntem Wege. Laura hob nicht die Hand, um sie abzutrocknen — sie schlürfte sie auf.

Erst gegen Abend kam der Apotheker, trüben Antlitzes, die Wangen gerötet.

Sein Weib eilte ihm entgegen, wagte aber keine Frage zu stellen.

Er legte erst den Mantel ab, dann den Hut. Hierauf setzte er sich und blickte verstört ins Weite.

Laura schleppte sich vorwärts und trat zu ihm.

„Nun?"

Er schüttelte den Kopf.

„Gefährlich?"

Er nickte Ja.

„Gott im Himmel!"

Er blickte flüchtig nach ihr hin. Seine Augenlider bewegten sich heftig; dann würgte es sich aus seiner Kehle:

„Es geht zu Ende."

Laura ward ohnmächtig.

Der Gehilfe eilte aus dem Laboratorium herauf. Er kam mit einer Essigflasche; er habe, versicherte er, diese

4

Ohnmacht vorausgesehen; die Signora habe drei Tage f
gut wie nichts gegessen.

Andrea faßte sein Weib mit starken Armen und legte e
sanft und behutsam auf ein Sofa. Als Laura zu sich kam
redete er ihr zu, sich zu Bett zu legen und etwas Speise z
genießen.

Dann brachte er ihr selbst in einem Becher zwei Finger
hut seines kräftigsten alten Marsala und stützte ihr da
Haupt, während sie schlürfte.

Beide Ärzte kamen. Laura befand sich besser.

Mit jener Scharfsicht, mit der auch die einfachste Fra
reich ausgestattet ist, begriff Laura, daß sie sich beherrsche:
müsse, im eigensten Interesse ihrer Leidenschaft.

Am folgenden Tage erhob sie sich. Sie war gefaßt —
auf alles.

* * *

Den einen Tag kamen Nachrichten über Hugo, den an
deren blieben sie aus. Was gemeldet wurde, lautete schlimm
der Krankheit drohte tödlicher Ausgang.

Andrea war womöglich noch schweigsamer als bisher
Auf Lauras angsterfüllte Fragen antwortete er kurz un
ausweichend, oder er zeigte ihr, ohne ein Wort zu sagen
die verzweifelten Briefe seiner Schwester.

Ende April hatte Hugos Leiden solche Fortschritte gemacht
daß keine Hoffnung auf Rettung blieb.

Andrea sprach die Absicht aus, ein zweites Mal abzu
reisen. Laura bestärkte ihn darin mit sanfter Zärtlichkeit
wie wenn die nahende Mutterschaft sie mit Mitleid erfüll
hätte für jene Mutter, die so sehr litt.

Andrea fuhr fort. Wenige Stunden nachher langte di
Nachricht ein: „Hugo ist tot."

Ein barmherziger Gott fügte es, daß Laura bei den
übergewaltigen Ausbruch ihres Schmerzes allein war.

Niemand sah, wie sie sich in konvulsivischem Zucken an

der Erde wand, wie sie mit den Zähnen in die Möbel knirschte, wie sie sich drohend hoch emporrichtete: niemand sah es.

Sie blieb tags über in ihrem Zimmer eingeschlossen. Als Andrea zurückkam, hatte sie bereits die Maske des alltäglichen Schmerzes vorbereitet. Unter dieser aber tobte der Sturm ihres zerrissenen Herzens. Ihr Gatte war sichtlich tief erschüttert; aber seine Augen waren trocken.

In Culosa pries man Lauras tiefes Empfinden. Man bewunderte ihre zärtliche Hingabe für die Verwandten ihres Gatten, und so hatte sie wenigstens die Erleichterung, dann und wann weinen zu dürfen.

An Hugos Mutter hatte sie sofort einen erschütternden Brief geschrieben und um eine Locke zum Andenken gebeten; ihr Wunsch war erfüllt worden.

Das geliebte schwarze Haar, daß sie so oft geküßt hatte, wurde ihr kostbarster Schatz. Sie schloß es in ein Medaillon und trug dieses an ihrem Herzen; aber jeden Augenblick zog sie es hervor, öffnete es und ließ ihre Blicke darauf verweilen.

Wie war es nur möglich, daß Hugo gestorben war, so jung, so voll Leidenschaft!

Oft zweifelte sie daran. Sie stellte sich vor, mit welchen Empfindungen sie ihn wiedersehen werde. Alle Zurückhaltung sollte vergessen sein; den ihren wollte sie ihn nennen, vor der ganzen Welt.

Ein andermal weinte sie der Vergangenheit nach; es war ihr, als habe sie ihn heißer lieben können — dann erfaßte sie eine Beklemmung, eine heftige Reue, wenn sie sich erinnerte, daß sie ihm eines Tages einen Kuß versagt hatte.

Die Zukunft verursachte ihr Entsetzen. Sie hatte zuviel geliebt und zuviel gelitten, um nochmals lieben und leiden zu können. Sie fühlte sich erschöpft.

Alle Saiten der Schöpfungsharmonie hatte sie angeschlagen. Und alle waren ihr zwischen den Fingern zersprungen. Was konnte ihr das Leben noch bieten?

4*

Für alle Leidenschaft hat das Leben nur zwei Extreme die höchste Freude oder den höchsten Schmerz. Laura gab sich nun dem Schmerze hin wie ehedem der Freude: zügellos Ihr Zimmer wurde mehr als je unzugänglich. Ungeachtet der herrlichen Jahreszeit blieb sie ganze Tage darin eingeschlossen. Es war erbarmungswürdig, sie in jenem traurigen Raum zu sehen: allein und grübelnd, zwischen den Marmorfrüchten und dem geschnitzten Lorbeer des Kamins während draußen die Sonne herablachte auf die Pfirsichblüten.

Die Eleganz der Kleidung, an der ihr einst soviel lag war ihr jetzt vollkommen gleichgültig. Geknickt, krank, in wenigen Monaten um zehn Jahre gealtert, floh sie entsetzt vor dem Spiegel. Sie trug doppelte Trauer: Trauer um ihrer Liebe willen und Trauer um ihre Zukunft. Sie starb geistig, und mit inbrünstigem Flehen ersehnte sie das Ende auch ihrer physischen Leiden.

Aber unbekümmert um diese seelischen Zustände vollendete die Natur in ihr das süßeste Mysterium.

* * *

In einer Mainacht schenkte Laura einem Mädchen das Leben.

Es erweckte keinen freudigen Lärm, keinen jubelnden Ausruf, kein Entzücken. Eine Frau nahm es in Empfang und band es ein; sie umhüllte es mit einer wärmenden Decke und legte es dann in die Wiege. Das Kind war so klein so zierlich, daß sein Stimmchen gar nicht vernehmbar war Es schien ein Bündel von Wickeltüchern, und wie ein Bündel lag es vergessen dort in der Wiege. Es verhielt sich furchtsam und ruhig.

Lauras Zustand war nicht ohne Gefahr. Die Wärterin hielt es für ihre Pflicht, nachts über bei ihr zu bleiben.

Andrea schlief in einem anstoßenden Zimmer. Seine Frau hatte nicht zugegeben, daß er bei ihr wache. Wenn man das ruhige, in Schlaf versunkene Haus sah, so hätte man nicht vermutet, daß unter dem Dache der Taramelli eine Tochter geboren war.

Das leichte Morgenrot färbte die Fensterscheiben und erhellte Lauras Antlitz, das totenbleich auf dem Kissen ruhte.

Auf die Fragen der Wärterin antwortete sie wortlos, durch Kopfbewegungen. Sie war müde und gereizt; sie wünschte allein zu sein.

Die Frau ging auf die Thür zu.

In diesem Augenblick trat Andrea ein.

„O, sehen Sie doch Ihre Tochter!" rief die Frau und nahm das Bündel aus der Wiege.

Andrea trat ruhig einen Schritt vor, beugte sich nieder, die Hände auf dem Rücken, und schüttelte den Kopf.

Die Kleine hatte ein rotes Gesicht voller Falten, ein Bündel schwarzer Haare auf dem Kopf; die Stirn war faltig wie die einer alten Frau.

„Hm!"

Das war alles, was der Apotheker sprach. Es war unmöglich, aus dem Klang seiner Stimme Folgerungen zu ziehen.

„La, la — la, la! Ein kluges Kind! Ich wette, sie wird hübsch werden!" sagte die Wärterin.

Laura warf einen schiefen Blick hin. Die Frau war ihr entsetzlich.

Ihr Gatte näherte sich ihr auf den Fußspitzen.

„Wie fühlst du dich?"

„Schlecht — sehr schlecht!"

Die Neugeborene wimmerte.

„So tragt sie doch fort!" rief Laura feindselig.

Andrea richtete sich mit leisem Zittern auf und nahm das Kind aus den Armen der Wärterin.

„Vorsichtig! Thuen Sie ihr nicht wehe!"

Er schüttelte verneinend den Kopf, bog die Arme, hielt die Hände weit auseinander, steckte sie unter den winzigen

Körper, und entfernte sich mit kleinen Schritten durch die Thüre.

Im Nebenzimmer fand er die beiden Ärzte.

„O," riefen sie, „der Vater! der Vater! Hoch der Vater!"

Eine flammende Röte zog über die Wangen des Apothekers. Aber sie stand ihm gut. Dann erschlafften unwillkürlich seine Arme und der Blick wurde matt.

„Ah, sie ist schwer!"

„Die Vaterfreude raubt dir die Kraft. Laß die Prinzessin 'mal ansehen!"

Andrea wollte sie nicht hinreichen.

„Was? Kaum ist sie geboren und du spielst schon den Tyrannen? Fürchtest du, daß wir dir dein Töchterchen wegnehmen? Nur fort die Decke! J, welch ein Gesichtchen! Wie braun! Aber das schadet der Schönheit nicht! Ganz die Mutter!"

„Schaut einmal nach Laura!" antwortete Andrea und zeigte auf die Thüre zum Zimmer seiner Frau.

Die beiden Ärzte gingen hinein.

Der Apotheker setzte sich für einen Augenblick nieder, wie niedergezogen von dem übermäßigen Druck seiner leichten Last.

Er war mit dem Kinde allein.

Die Neugeborene begann wiederum kläglich zu wimmern. Der Mund verzog sich, die Augen, die wie Karfunkel in dem kleinen, faltigen Gesichte leuchteten, füllten sich mit Thränen.

Andrea beugte sich vor. Mitleid ergriff ihn, und die Lippen bereiteten sich zum Kusse. Aber im nächsten Augenblick legte sich ein harter Zug auf sein Antlitz. Starr zog er sich zurück und begann langsam auf- und abzuschreiten.

Das Kind schlief ein.

* * *

Drei Wochen später empfing Laura zum erstenmal offiziell ihre Freundinnen. Sie lag noch zu Bett. Die Stepp-

decke war von aprikosenfarbigem Atlas, die Betttücher das
Feinste, was das Haus Taramelli aufzuweisen hatte.

Nebenan, auf dem Nachttischchen, stand in einer präch=
tigen Vase ein Blumenstrauß.

Vor wenigen Tagen noch hatte Laura zu sterben gehofft.
Aber sie war stärker, als sie selbst geglaubt hatte. Und so
fügte sie sich darein, ihr Dasein weiterzuführen, widerwillig,
trotzig, voll Unzufriedenheit und Erbitterung.

Das kleine Geschöpf hatte sie einer Amme überlassen,
die es zum Großziehen in ein benachbartes Dorf mitnahm.
Die Kleine wimmerte tagsüber und auch bei Nacht; Lauras
Nerven vertrugen das nicht. Andrea hatte gegen die Ent=
fernung des Kindes keinen Einspruch erhoben. Er war wie=
der stumm und teilnahmlos; seine Frau konnte thun, was
sie wollte.

In der Hausordnung änderte sich nichts. Es war, als
sei das Kind überhaupt nicht geboren worden.

Andrea mischte schweigsam seine Droguen in der Apo=
theke; die beiden Ärzte und die anderen Besucher sprachen
von der Ernte, von den Seidenwürmern, huldigten dem
Klatsch, und erläuterten das „Eco della Borsa".

Die Galanterie, die in diesem Kreise geherrscht hatte, so=
lange sie in Laura, der Neuvermählten, ihren Gegenstand
fand, verlor nunmehr völlig ihre Grundlage, da die Sig=
nora nach ihrer vollständigen Genesung fast gar nicht mehr
zu den Abendunterhaltungen erschien. Wenn sie sich wirklich
einmal sehen ließ, lag in ihren Zügen so feindselige Kälte,
daß den Männern alle Lust verging, Komplimente zu sagen
oder witzig zu sein.

Überdies war für Laura durch Hugos Tod und die Ge=
burt ihres Kindes der letzte Schimmer von Jugend erloschen
— diesmal für immer.

Die Krisis der Mutterschaft hatte ihr jeden Rest von
Schönheit benommen. Jetzt sah man deutlich ihre fünfund=
dreißig Jahre: sie war leidend, verstört und elend. Nur in

seltenen Zwischenräumen erinnerte ein aufflammendes Leuch;
ten ihrer schwarzen Augen an die Zeit, in der sie sich jun
und schön gefühlt hatte. Wie bei vielen Menschen, so zeigte sich auch bei ihr jen
seltsame Erscheinung der Doppelempfindung, derzufolge i
einem Körper zweifacher Wille lebt. Die Frau, die man, wenn andere zugegen waren, still
müde, teilnahmlos mit einer Handarbeit beschäftigt saß,
verwandelte sich in einsamen Stunden in ein leidenschaftliche
Weib, das in phantastischen Träumen seine verlorene Lieb
heraufbeschwor. Denn Laura liebte noch immer. Sie klam
merte sich an das Trugbild ihres entschwundenen Glückes
sie liebte jetzt mit dem geistigen Teile ihres Selbst, währen
die Materie besiegt und zu Boden geworfen war.

Sterben! Das blieb das Ziel ihrer Sehnsucht. Abe
sterben, um in einer Welt ohne Schranken neu aufzuleben
in einer Welt, in der Hugo mit der ganzen bezaubernder
Schönheit seiner achtzehn Jahre wiederum lachen und si
lieben würde — lieben — ohne Ende!

Sie analysierte sich selbst; sie trennte sich, soweit es nu
möglich war, von ihrem körperlichen Ich, von der Signore
Taramelli, der Gattin, Mutter, Freundin, Hausfrau — si
wollte sich nur als Hugos Geliebte fühlen. Sie schloß die
Augen und hielt sich die Ohren zu — sie wollte den Rod
ihres Mannes nicht an dem Nagel sehen, sie wollte das Ge=
räusch in der Küche und im Laboratorium nicht hören.

Ihre Seele war abwesend — sie flog in die Ferne, in
die Höhe, immer höher, bis sie vom Schwindel erfaßt wurde.
Dies Anspannen der ganzen Gedankenkraft brachte bei ihr
dieselbe Wirkung hervor, wie verdünnte Luft: es schnürte ihr
den Atem ein, es verursachte ihr heftigen, wirbelnden Schmerz.
Aber in diesem Schmerze fühlte sie sich zufrieden.

Sie grübelte, was sie gethan hätte, wenn Hugo nicht
gestorben wäre.

Vor allem wären sie entflohen! Ihr Kleinod hätte sie

gerettet, in eine Einöde, in eine Wüste — was lag an dem Orte! Bisweilen erschien ihr verführerisch eine orientalische Landschaft: der Himmel brennend, der Sand voll Glut, das Meer blau schimmernd. Bisweilen fühlte sie sich hingezogen zu den Nebeln des Nordens — zu den unzugänglichen Bergspitzen, zu den Tannenwäldern, zu ewigem Schnee.

Aber immer war sie berauscht von Liebe; bald züchtig, bald in sinnlicher Leidenschaft.

Nachts oder gegen den Morgen zu, in der lässigen Weichheit der elastischen Kissen, zwischen Schlaf und Erwachen, drängten sich rings um sie die Begierden.

Dann barg sie den Kopf unter der Decke. Sie mied den rosigen Strahl der Morgenröte; sie umklammerte das Bettzeug, die Polster, und wie im Delirium suchte sie eine Vergangenheit, die nicht mehr zurückkehren konnte.

Im Garten, wo ihr jede Blume, jeder Stein von Hugo sprach, verlebte sie Stunden, in Sinnen und Gedanken, wie ein junges Mädchen. Sie saß auf der Marmorstiege, und die Steine, die ihr noch das Echo glühender Küsse zu wiederholen schienen, badete sie in Thränen.

So verstrich ein Jahr, langsam, einförmig.

Die Reben blühten und bedeckten sich mit Laub und Trauben, dann fiel der Schnee und verging, und die Reben blühten von neuem.

* * *

An einem Junitage trat eine Bäuerin, ein Kind auf dem Arme, in Lauras Zimmer.

Es war die Amme. Niemand hatte sie gerufen; man erwartete sie nicht. Sie entschuldigte ihr Kommen; sie fühle sich Mutter, und könne die Kleine nicht länger bei sich behalten.

„Übrigens," fügte sie schnell hinzu, „sehen Sie nur, wie aufgeweckt sie ist. Sie versteht alles. Sie sagt schon ‚Mutter' und ‚Vater'... zu mir und meinem Mann, versteht sich..."

Laura nahm das Kind auf den Arm und betrachtete es aufmerksam. Es war ein origineller Kopf: rabenschwarzes Haar, eine kluge Stirn, bleiche Wängelchen, schwarze Äuglein. Alles in allem war sie weder schön noch häßlich. Laura strich ihrer Tochter über das Haar und öffnete ihr mit einem Finger den Mund, um zu sehen, wie viel Zähne schon da seien.

„Läuft sie schon?"

„O nein! Aber sie kann schon stehen, wenn man sie an einen Sessel lehnt."

Das Kind, gereizt durch die Berührung von Haar und Mund, begann zu kreischen.

„Still, still," rief die Mutter.

Es half nichts. Die Kleine schrie mit dem Aufgebot aller Kräfte.

„Du ... du ... du bist sehr schlimm!"

Die Bäuerin streckte die Arme aus. Ungestüm strebt das Kind ihr zu und schrie so heftig, daß Laura sagte „Greint sie immer so?"

Die Amme lächelte und küßte das Kind.

„Ich sehe, es wird eine rechte Qual sein," seufzte Laura „Schläft sie wenigstens bei Nacht?"

„Nicht in einem Stück," antwortete die Bäuerin und brach in ein lautes Gelächter aus.

*   *   *

Da Laura und Andrea selbst keinen Namen für das Kind vorgeschlagen hatten, war von den Paten der Name von Andreas Mutter, Caterina, gewählt worden.

Der Apotheker erhob keinen Widerspruch. Aber Caterina war zu lang; man konnte sie Rina, Nina oder Lina nennen

Die Bäuerin hatte sie Stella gerufen. Aber all dies gefiel Laura nicht; sie erklärte, fortab werde ihre Tochter Rita heißen.

Ende Juni war Rita ins Elternhaus zurückgekehrt. Ihr

Die Strafe.

Schlafstätte war eine einfache Wiege aus Weidengeflecht. Tagsüber setzte man sie auf die Erde, in einen Winkel des kleinen Salons, oder noch öfters der Küche oder des Hofes.

Sie schrie von zwölf Stunden zehn Stunden lang. Laura war darüber außer sich. Sie wußte nicht mit Kindern umzugehen; auch hatte sie keine Geduld. Sie war beständig gegen Rita aufgebracht. Das kleine Geschöpf erschien ihr, ganz im Gegensatz zu der Behauptung der Amme, stumpfsinnig, bis auf das fürchterliche Schreien. Sie schickte sich weder an zu sprechen noch zu gehen.

Dieses Kind von dreizehn Monaten verstand außer dem Weinen und Heulen nur noch eins: die Hände nach jedem erreichbaren Gegenstande auszustrecken, um ihn in den Mund zu stopfen. Erde, Kieselsteine, Papiere, Knöpfe; in Ermanglung von etwas anderem genügten die Füße. Wenn das Kind eingewickelt war, sah es doch noch wie etwas aus, aber im Hemdchen war es ein Nichts — es verlor sich in den Ärmeln; Füße, Arme und Körper hätte man in einer Hand verbergen können. Wenn es auf der Erde saß, in seinem aschgrauen Kleidchen, das Laura in aller Eile zusammengenäht hatte, verschwand es vollständig. Es war dann eins mit dem Erdboden, mit dem Staub, mit den Papierfetzen, mit den Lumpen — niemand sah es mehr. Aber hörbar war es immer.

Sein spitzes, unermüdliches Stimmchen drang durch die Mauern; sogar Andrea, hinter seinen Recepten, fing zu murren an. Laura wurde aus den Ekstasen geweckt, denen sie sich hingab.

Nur der Laboratoriumgehilfe bewies sich der Kleinen als treuer Freund. Die Hände mit Cassia beschmutzt trat er heraus und malte einen mächtigen Schnurrbart über die Lippen des unschuldigen Geschöpfes, das sofort die Zunge herausstreckte und die Süßigkeit ableckte. Dann stellte er sich geschäftig vor das Kind und lachte auf hundert groteske Arten. Er begrub Rita unter einem Berg von Papieren und

zog sie dann wieder heraus, und lachte wieder, und hob si
mit seinen kräftigen Händen hoch empor, als wolle er sie i
den Brunnen werfen. Er versteckte sie unter einen Hut un
lehrte sie militärisch grüßen, das Händchen stramm zu
Schläfe erhoben.

Eines Abends, nach dem Essen, in der Dämmerung, nahn
Laura, die nicht wußte, was sie mit dieser melancholischer
Stunde anfangen sollte, das Kind auf die Kniee und ver
suchte ihr das Wort „Mamma" beizubringen. Aber Nit
wollte nicht. Sie faßte Laura an den Ohren und riß an den
goldenen Ohrringen; sie zerrte an der Spitze der Halskrauf
und zersetzte sie, bis endlich Laura ermüdet die Kleine au
die Erde setzte. Sie wurde ihr noch antipathischer als zuvor

Bei ihrem nervösen und oft leidendem Zustande reizt
sie solche Launenhaftigkeit in ungewöhnlicher Weise. Sie wa
nicht vorbereitet darauf, in diesen winzigen Gliedmaßen, di
notdürftig ineinandergefügt schienen, einen festen Willen z
finden, der dem ihren entgegengesetzt war. Sie war erstaun
und empört, daß ein so kleines Wesen ihr so große Unan
nehmlichkeit bereitete.

Wenn sie, die Unglückliche, in Trauer Versunkene sagte
„Still doch!" dann schien es ihr undenkbar, daß ein Kin
es wage, sich dem zu widersetzen, und daß sie, um diese
Kind zufrieden zu stellen, ihre teuern, verstohlenen Gedan
ken verlassen, sich bewegen, lachen, vielleicht gar singen solle
Weshalb hatte Gott ihr ein Kind gegeben? Sie hatte sic
nie nach einem solchen gesehnt; sie hatte nie geglaubt, e
könne sie glücklich machen.

Andrea erwies sich der Kleinen zweimal im Tage, zu gan
bestimmter Stunde, freundlich: beim Frühstück und bein
Mittagmahl. Er schnitt ihr dicke Brotscheiben, und steckt
sie ihr mit den Worten zwischen die Finger: „Iß, dann wirf
du groß werden!"

Zwischen den beiden Gatten war seit einiger Zeit ein
merkliche Kälte eingetreten. Andrea wurde immer verschloß

Die Strafe.

feuer; Laura wich ihm sichtlich aus. So lebten sie beide mehr für sich. Zum Bruche kam es nicht; die Kette löste sich aber doch, nur ohne zu klirren.

Die Hände von Vater und Mutter trafen sich niemals liebkosend auf dem schwarzen Köpfchen des Kindes, das bereits zu verkümmern anfing, wie eine zarte Pflanze in hartem Erdreich, ohne Licht und Wärme.

Aus der Tiefe dieser Kinderaugen blickte es wie unbestimmte Sehnsucht. Rita fühlte wohl, daß man sie nicht liebe.

An den langen Sommerabenden spielte sie auf der Schwelle der Apotheke, zu Füßen der beiden Ärzte, die sich von Zeit zu Zeit herabneigten, um sie zu liebkosen.

Andrea warf ihr Papierschnitzel zu, leere Schächtelchen, bisweilen auch ein Stückchen Gerstenzucker, indem er laut überlegte: „Es wird ihr nichts schaden."

Die Leute im Orte, besonders die Frauen, blickten mitleidig auf das Kind des Hauses Taramelli. Es war so mager, so traurig, und die Mutter nahm es nie auf den Arm.

Man weiß so vieles: man hat Sonne und Mond gemessen; wir kennen die Zusammensetzung der Gestirne, die doch so weit von uns entfernt sind — und noch niemand vermochte das Wesen des Kindes zu ergründen.

Wir sehen, wie sich die kleinen Geschöpfe gleich Rosenknöspchen zart entwickeln. Ihre Schönheit gefällt uns, ihre Anmut fesselt uns, aber wir müssen unser Urteil zurückhalten, bis sie groß geworden sind. Der Eindruck, den sie im ersten Jahre ihres Lebens auf uns ausüben, ist nicht maßgebend.

Ein interessantes Problem für die Physiologen.

Gleicht das Hirn eines neugebornen Kindes dem Hirne eines Vogels oder eines Kätzchens? — oder ist es geringerer Natur, da doch der Vogel nach wenigen Tagen fliegt und das Kätzchen binnen kurzem zu laufen vermag? Wann tritt der Gedanke an Stelle des Instinktes?

* * *

Man hatte Ritas Wiege zuerst in die Kammer der Bedienerin gestellt; aber die Frau erkrankte, und Laura mußte die Wiege in ihr eigenes Zimmer nehmen.

Nacht für Nacht wurden ihre Liebesträume von lauten Schreien, von kläglichem, langhingezogenem Jammern unterbrochen. Manchmal, wenn das Kind bei guter Laune war, weinte es nicht, sondern stellte mitten in der Stille der Nacht seltsame Lautierübungen an: unaufhörliches Vorsichhinstammeln von zwei oder drei sich stets gleichbleibenden Silben. Daran gewöhnte sich Laura.

Was sie aber bis zur Verzweiflung reizte, das war Ritas Weinen; jenes anhaltende, durchdringende Weinen, wie es Kindern eigentümlich ist, die noch nicht sprechen; jenes wütende Weinen, das keine beschwichtigenden Worte zu mildern vermögen; ein Weinen, bei dem man nicht weiß, was es bezweckt, und das, wenn es nicht das tiefste Mitleid weckt, bis zur Raserei aufzustacheln vermag.

Laura war im höchsten Grade nervös. Sie hatte kein schlechtes Herz, aber ihr Temperament, das richtige Temperament unserer Zeit, war durch und durch reizbar, und machte sie zur Sklavin ihrer momentanen Empfindungen.

Freude und Schmerz konnte sie empfinden, beide jedesmal in überschwänglichem Maße — für dazwischenliegende Gefühle war sie wenig oder gar nicht empfänglich. Die olympische Ruhe höher veranlagter Naturen war ihr unbekannt.

Unmerklich, aber allmählich übte die Zeit ihren besänftigenden Einfluß. Der Brand ihrer Seele, die große Leidenschaft, die sie erfüllte, verlor an Heftigkeit und erlosch. Sie begehrte nach keinem Ersatz, aber gerade dieses Nichtbegehren wurde ihr schädlich.

Die hysterischen Zustände ihrer Mädchenjahre kehrten zurück. Sie empfand wieder jene unbegrenzte, entsetzliche Langeweile einer Seele, die keinen Ruhepunkt findet.

Sie lechzte nach der Dunkelheit, nach dem Schlaf: sie

hörte dann auf zu fühlen, zu denken. Und diese Stunden der Ruhe waren durch Ritas Nervosität so unzureichend! Allmorgendlich erhob sie sich beim ersten Sonnenstrahle mit dem verzagenden Bewußtsein, wieder einen Tag leben zu müssen. Qualvoll verstrich ihr das Heute, gleich dem Gestern, gleich dem Morgen — welch Glück, einschlafen zu können für alle Ewigkeit!

* * *

In einer Nacht war das Kind unruhiger als gewöhnlich; es schrie und weinte unbarmherzig bis vier Uhr früh. Laura hatte versucht es einzuwiegen, es im Zimmer auf und ab zu tragen, zu singen, es zum Lachen zu reizen, alles umsonst. Sie fühlte sich erschlafft, und ihr schwacher Körper litt unter der Pein dieser übermäßigen und qualvollen Nachtwache.

Endlich legte sie die Kleine wieder in die Wiege.

Sie war müde, die Zähne schlugen ihr aneinander, alle ihre Nerven zitterten. Sie löschte das Licht aus und entschloß sich, auf Ritas Schreien nicht mehr zu achten, sondern zu versuchen, ob sie einschlafen könne. Sie hatte tagsüber heftige Migräne gehabt, ihre gequälten Glieder bedurften dringend der Ruhe.

Eine kurze Zeit war das Kind still.

Ein außerordentliches Wohlbefinden überkam Laura. Sie sank in eine Art Halbschlummer.

Kräftige Menschen kennen nicht jenes Wonnegefühl gereinigter Nerven, jenen Kampf zwischen Blut und Geist, in dem Sieg und Niederlage wechseln.

Kaum hatte der Schlaf Lauras Lider geschlossen, als das Kind von neuem zu schreien, zu weinen begann. Halb schlaftrunken suchte sie Rita mit Worten, mit Flüstern zu beruhigen, aber die Kleine schrie so verzweiflungsvoll, daß Laura sich in ihrem Bette halb aufrichtete, die Hand ausstreckte, und mit verzweiflungsvoller Grausamkeit dem schwachen Wesen einen harten Stoß versetzte.

Augenblicklich verstummte das Schreien, aber die Stille die nun eintrat, war beängstigend.

Ein furchtbarer Gedanke schoß durch Lauras Kopf, wie ein Blitzstrahl die Wolken teilt. Bleich, verstört, fassungslos tastete sie nach dem Lichte auf dem Nachtkästchen. Das erste Streichholz versagte, das zweite zerbrach, das dritte verlöschte.

„Gott im Himmel!"

Das war alles, was sie hervorbrachte. Sie erfaßte ein ganzes Bündel Zündhölzchen und entzündete eine Flamme die einem Brande glich.

Von dem weißen Kissen der Wiege blickten die schwarzen Augen Ritas nach ihr, fest und ruhig. Mit einem Schrei stürzte sie sich auf das Kind. Es war der erste Schrei der Mutter, die dies zarte Wesen unter dem Herzen getragen hatte; mit wahnsinniger Hast schloß sie die Kleine in die Arme und bedeckte sie mit Küssen.

Einige Augenblicke hatte sie in entsetzlicher Angst gefürchtet, sie habe das Kind getötet. Jetzt, erst jetzt war ihr eine Tochter geboren.

Sie drückte Rita an die Brust, schluchzend, lachend. Etwas in ihr zerbrach: ihr Herz hatte eine Krisis überstanden. Kalte Schauer schüttelten Lauras nackte Schultern, aber sie merkte es nicht. Das Bündel Streichhölzer brannte auf dem Fußboden, langsam, wie ein kleines Feuer, das im Busche entzündet wird.

Die Kleine schwieg und schaute ruhig aus großen Augen. Allmählich wurde das Zimmer dunkel. Wenige blaue Funken flammten noch prasselnd hervor.

Rita schlief in den Armen ihrer Mutter ein; auch Laura schlief ein, in der Süßigkeit einer neuen Empfindung, eingewiegt von dem ruhigen Atem des Kindes, das sein Köpfchen an ihrer Brust barg.

Sie erwachte, von Freude erfüllt. Ihre wunde Seele hatte Heilung gefunden: Leben bedeutete ihr wieder Lieben.

Die Strafe.

Sie blickte auf das Kind. Es erschien ihr so teuer, so liebenswert mit seinen schlafgeröteten zarten Wangen und dem feinen Bogen der Augenbrauen, unter denen die schönen Augen verdeckt lagen.

Sie beugte sich nieder, und in heißer Liebe trank sie das Lächeln des unschuldigen Wesens, das Lächeln ihres Kindes, mit ganzer Hingabe ihres Seins, mit vollem Vergessen alles erduldeten Leids. Sie fühlte sich dieser Welt entrückt; es war ihr zu Mute, als blicke sie in den Himmel.

* * *

Lauras neue Liebe erfaßte rasch ihr ganzes Sein.

Hier gab es keine Heimlichkeit, keinen Kampf, keine Ermattung. In sich selbst fand diese Leidenschaft ihre Nahrung; sie war Ursache und Folge zu gleicher Zeit. Sie verlangte nichts und war deshalb immer befriedigt. In dem Geben selbst fand sie ihren höchsten Genuß.

Und diese Leidenschaft hatte noch einen ungeheuren Vorteil vor allen anderen — sie beruhigte das Herz, statt es aufzuregen.

Laura erholte sich unverkennbar in dieser Empfindung, die im höchsten Grade die beiden Brennpunkte der Glückseligkeit vereinigte: unsagbare Wonne und furchtlose Sicherheit. Wie war sie nur früher nicht darauf gekommen!

Eine ewige Wahrheit ist die Erzählung von dem verbrannten, trockenen Felsen, der, vom Zauberstabe berührt, sich plötzlich öffnet und einen schimmernden Quell hervorschießen läßt.

Gerade das ist der Zauber großer Leidenschaften: sie erwachsen in sich vollendet, wie auf dem ungewissen Dämmern des Abendhimmels die Sterne mit einem Mal in vollendeter Herrlichkeit erstehen.

Zu Lauras Glückseligkeit mischte sich in den ersten Tagen ein süßes Staunen.

Das Wesen, das sie nie als etwas Denkendes angesehen, besaß eine Seele, die der ihren glich. Das kleine, zarte Geschöpf fühlte bereits Sehnsucht nach Liebe, und suchte diese angstvoll im Antlitz der Mutter.

Laura lernte in diesen unschuldvollen Augen lesen. Sie sah aus ihnen Gefühle, Empfindungen, Gedanken herausleuchten — jetzt in schimmerndem Glanze, jetzt in zarter Empfindung, jetzt gebieterisch, jetzt voll Trauer. Der Intellekt entzündete sich in dem Kinde mit raschem Strahle; die Liebe der Mutter verlieh ihm süßen Schimmer. Wenn Laura sprach dann standen die schönen, teuern Äuglein ihres Kindes so leuchtend offen und blickten sie so vertrauensvoll und ruhig an, daß sich der Mutter ganzes Bild in ihnen spiegelte.

Es gab Augenblicke, in denen Rita groß und erwachsen schien. Sie hörte ernsthaft, still, mit gespannter Aufmerksamkeit zu, wenn Laura mit ihr plauderte; sie hielt sich kerzengerade, die kleinen Händchen lagen festgeballt auf den Händen der Mutter, und dann, auf ein zärtliches Schmeichelwort begann sie zu lachen. Der kleine Körper schwankte; sie zeigte sechs Zähnchen, andere waren noch nicht ganz heraus. Laura gab ihr tausend Kosenamen; bald nannte sie sie ihr schelmisches Kätzchen, bald ihr süßes Turteltäubchen, bald ihre einzige Herzenskirsche.

Alle Blumen glichen ihr. Jetzt war sie der Jasmin nun eine Lilie, jetzt ein unschuldiges Gänseblümchen. Bei jedem neuen Namen lachte die Kleine und küßte die Mutter.

Nachts im Bettchen war sie erst recht ein süßes Wunder: die Schultern weiß, Brust und Beinchen rund, die Füßchen, ein Ideal — sie waren wie Rosenblätter. Laura weinte vor Entzücken, vor Zärtlichkeit, wenn sie die Kleine betrachtete. Sie machte sich bittere Vorwürfe, daß sie das Kind so lange vernachlässigt hatte.

Dann kniete sie vor der Wiege nieder, die Stirne gesenkt, die Hände gefaltet, in tiefster Reue, und sagte, als könnte ihre Tochter sie verstehen: „Verzeih mir, mein Engel! Verzeih mir, mein Lieb! Verzeih, verzeih mir!"

Am frühen Morgen, kaum daß sie aufgestanden war, nahm sie Rita auf den Arm. Sie trug das schöne, rosige Kind in seinem Hemdchen auf die Terrasse, unter den Laubengang, wo die warme Augustsonne die Trauben reifte.

Sie fühlte, wie sie selbst wieder jung wurde. Lust und Freude am Leben kehrten ihr zurück; sie vergaß alles in diesem ihrem Kinde.

Wenn der Frühling kommt, bedecken sich die Pflanzen mit Blättern und Blüten. Wenn das Weib Mutter wird, bricht sein Frühling an — er schenkt Hoffnung und Zuversicht.

Das göttliche Wunder vollzog sich mit seiner ganzen Herrlichkeit in Laura. Sie ergoß ihr Sein in das Kind. In Rita lebte ihr Ich, das sie ertötet wähnte, geläutert wieder auf. Wer Kinder hat, stirbt nicht.

Das Entzücken der ersten deutlich gesprochenen Worte, der Zauber erwiderten Lächelns, die tausend stillen Freuden, wie sie nur eine Mutter kennt, all dies erfüllte Laura mit einem Übermaße von Überraschung und Entzücken.

„Jetzt habe ich sie gefunden," sagte sie sich, „die wahre, die ewige Liebe. Sie gehört mir, und niemand vermag sie mir je zu rauben. Auch wenn dereinst ein Geliebter, ein Gatte Ritas Herz pochen macht, gewiß, auch dann brauche ich nur die Arme zu öffnen, um zu sehen, wie sie herbeieilt und ruft: ‚Meine Mutter!' Ein anderer wird die Geheimnisse der gereiften Seele entdecken; mir aber gehören die Erstlinge ihres Empfindens."

* * *

Unter den Strahlen dieser warmen Liebe blühte Rita kräftig und schön empor. Sie erlangte jenen graziösen Übermut, wie er Kindern eigen ist, die sich geliebt fühlen; in

ihren schwarzen Augen funkelte es immer lebendiger, und au⸗
den Lippen lag immer fröhlicheres Lachen.

Schon fing sie zu gehen an, anfangs freilich noch ei⸗
wenig schwankend und zaghaft. Sie blickte auf ihre kleine⸗
Lackschuhe und auf die weiß und rot gestreiften Strümpfche⸗
— sie wollte sie ausziehen, aber da verlor sie das Gleichge⸗
wicht, und dann gab es nichts Süßeres und Putzigeres, al⸗
ihr zuzusehen, wie sie hinpurzelte, und zwischen einer kleine⸗
Wolke von Weiß mit den Beinchen in der Luft herum⸗
strampelte.

Laura war stets um sie. Als sie zu laufen begann, eilt⸗
sie hinter ihr her, versteckte sich, und dann nahm sie Rita au⸗
den Arm und hob sie empor, so hoch sie konnte und bedeckt⸗
sie immer und immer wieder mit stürmischen Küssen. Durc⸗
halbe Tage war es ihr einziges Vergnügen, sie bald so, bal⸗
so zu kleiden, sie zu kämmen, sie mit Bändern und Schlei⸗
fen zu behängen.

Mädchen haben in ihren Puppen eine Vorahnung de⸗
Mutterpflichten; Mütter entdecken in ihren Babys die Puppe

Das mütterliche Gefühl ist so vollkommen, so mächtig
daß es alles umfaßt, vom Größten bis zum Kleinen. Bal⸗
ist es ein Gedicht, bald eine Posse. Es ist geistige Freud⸗
und doch zugleich, und zwar in hohem Grade, sinnliche⸗
Genuß.

Laura begann wiederum an den Zusammenkünften i⸗
der Apotheke Freude zu finden. Sie nahm Rita mit un⸗
zeigte sie mit Stolz. Jedes Lob, das der Kleinen gespende⸗
wurde, weckte ein Leuchten in ihrem Herzen und in ihre⸗
Augen.

Rita ging von Arm zu Arm, geschmeichelt, geliebkost⸗
bewundert. Alle fanden sie sympathisch; vor allem gefiele⸗
ihre Augen, die schön waren wie die der Mutter, aber vo⸗
anderem Ausdruck, lustig und schelmisch. Jeder machte sein⸗
Bemerkungen; nur Andrea blieb schweigsam.

Wenn er Rita auf seine Knie nahm und sie in mecha⸗

nischer Bewegung seiner Füße schaukelte, legte sich wohl eine Art Lächeln um seinen Mund, aber er blickte dabei starr, die Stirne umwölkt, über das Kind hinweg ins Leere, das seine Phantasie mit Schatten belebte, die als Gesichte der Vergangenheit stumm vorüberzogen.

Seine vertrautesten Freunde, die beiden Ärzte, verstanden ihn nicht. Scheu und verschlossen war er immer gewesen, aber sie hatten angenommen, sobald er Vater sei, werde sich sein Charakter ändern, er werde offener und zuthunlicher werden. Eine Veränderung trat wohl ein, aber sie war eine Verschlechterung. Ein dichter Schleier lag um seinen ohnehin wenig lebhaften Geist; eine melancholische Erstarrung, eine Apathie, eine Resignation und trauererfüllte Gleichgültigkeit nahmen seinem Gesichte die frische Farbe. Er starb gleichsam von seinem Platze in der Welt ab, allmählich, aber unaufhaltsam, wie man auf der Leinwand die Farben verblassen sieht.

Laura, die sich so lange Zeit zurückgezogen hatte, nahm ihren früheren Platz im Hause der Taramelli ein. Um sie und um ihr Kind bewegte sich in gewohnter Weise der alte Freundeskreis.

* * *

Der Winter verstrich schnell.

Laura machte mit dem Kinde viel durch. Die Zähne kamen unter großen Schmerzen; dazu litt Rita ununterbrochen an Husten und Erkältungen.

In den letzten Tagen des Karnevals gab es gleichwohl ein wenig Lustigkeit. Der Laboratoriumgehilfe erschien eines Abends als Harlekin. Laura, die gerade Pfannkuchen buk, bestreute ihn ausgiebig mit Zucker. Man leerte beim Essen eine bescheidene Zahl von Flaschen. Die beiden Ärzte deklamierten, mit Leintüchern drapiert, den „Orestes"; ein Gast ahmte den Donner, dann das Gackern einer Henne nach; zuletzt sprach er Deutsch.

In all dies tönte Ritas kindlich helles Lachen; sie bewarf ihre guten Freunde fortwährend mit Pfannkuchen.

Laura unterhielt sich königlich; triumphierend setzte sie das Kind mitten auf den Tisch; der Gehilfe machte ihr aus einer Nummer des „Eco della Borsa" einen Dreispitz, den er mit einer Quaste von gekräuseltem Papier schmückte.

Dann kamen die Fasten, und mit ihnen eine Regenzeit. Laura benutzte das schlechte Wetter, um für Rita elegante Kleidchen herzurichten.

Sie verwandelte ihr altes Canezou in eine wunderbolle Kinderschürze, ganz und gar durchbrochene Arbeit, auf den Schultern zwei Rosaschleifen, die wie Engelsflügelchen aussahen.

Den ganzen Tag nähte und stickte sie. Während der Abende fertigte sie ein ganzes Lager von Kinderstrümpfen in allen Farben an. Sie arbeitete ohne Unterlaß, heiter, voll Spannkraft.

Eines Sonntags, nach der Messe, legte sie in ihrem kleinen Salon den Fächer in sein Etuis, während Rita in dem Gebetbuch blätterte.

Es war gerade zwölf Uhr, die Zeit, in der die Sonne einen Augenblick lang durch das Gitterfenster drang und einen blauen Schein auf den Lorbeer des Wandspiegels warf.

Andrea, der sich damit beschäftigte, die Marmorfrüchte zu ordnen, die so oft von dem Kinde durcheinandergeworfen wurden, schien in eine Kopfrechnung versunken; er hielt bisweilen inne und zählte an den Fingern.

Plötzlich rief er: „Genau heute!"

„Was denn?" fragte Laura und neigte sich zu dem Kinde, um das Gebetbuch vor dem drohenden Verderben zu retten.

„Genau heute vor zwei Jahren starb Hugo."

Laura antwortete nicht gleich. Sie brachte die Blätter in Ordnung, glättete sie und legte das Buch auf den Tisch.

„Wie die Zeit verläuft!" sagte sie dann — und sie nahm einen Apfel von der Marmorplatte und ließ ihn zu Rita hinrollen.

Die Strafe.

Verstellte sich Laura?
Nein. Sie hatte vergessen.

Von der großen Leidenschaft war nichts mehr übrig. Ein Brand läßt Asche zurück, das ist richtig; aber es kommt ein Wind und zerstreut sie.

Wenn man liebt, wenn das Herz beim bloßen Gedanken an eine Trennung zu brechen droht, wenn Scheiden und Sterben eins zu sein scheint — dann scheint auch Vergessen unmöglich. Und doch vergißt man. Die Tage fließen dahin, wie die Wellen eines Gießbachs; ein jeder von ihnen trägt ein Stück der Vergangenheit mit sich fort.

Berichtet die Wissenschaft nicht von ausgetrockneten Meeren, von verschwundenen Bergen? Auf wieviel Liebe, auf wieviel zärtliche Herzen treten wir, achtlos und ohne es zu wissen, in dem Grase der Friedhöfe. Und wir glauben, daß wir die ersten sind, die lieben, daß wir die einzigen sind.

Unser Fuß stößt an die Gräber, und wir denken nicht an den Tod. Wir schwören ewige Liebe, und die Liebe stirbt früher als wir.

Lange Zeit hatte Laura das Medaillon mit Hugos Locke um den Hals getragen. Eines Tages scherzte Rita auf ihrem Schoße, zog sie an den Ohren, klammerte sich an ihre Schultern, wie es diese kleinen Kobolde so gerne thun, und zerriß die Kette, ohne daß Laura es merkte; das Medaillon fiel zu Boden.

Am nächsten Tage fand es das Dienstmädchen zertrümmert und übergab es der Signora. Die Locke war mit dem Kehricht beiseite geschafft worden.

* * *

Die Monate und die Jahre verflossen; die Vergangenheit trat immer mehr zurück. Bisweilen war Laura zu Mute, als sei ihre Leidenschaft für Hugo überhaupt nur ein schwerer Traum gewesen.

Ihre Verirrung war zu kurz und eben dadurch so wenig

auffallend, daß niemand von ihren Bekannten etwas hatte argwöhnen können. In den Augen aller war Laura untadelig — was bedeutete die unsichtbare Regung, die man Gewissen nennt?

Wenn anfangs ein unschuldiger Blick ihres Kindes plötzlich Erinnerungen weckte und ihr die Röte in die Wangen trieb — wer bemerkte es? Wer kannte den Grund? Es genügte, daß sie jedes Andenken in Vergessenheit begrub, und sie that dies mit aller Festigkeit. Wenn es möglich gewesen wäre, hätte sie ihre Schuld mit derselben Leidenschaft getilgt, mit der sie sie beging.

Wenn im Schweigen des Abends, vor ihrem rebenübersponnenen Sitze die Erinnerungen hart und unbarmherzig emporstiegen, dann erhob sie sich mit einer Art von Wut und flüchtete auf ihr Zimmer. Sie sagte sich selbst: „Nein, nein!" Sie spannte sich auf die Folter, um den Gedanken zu töten; sie gelangte bis zu dem Punkte, wo sie alles verleugnete und haßte, was sie geliebt hatte; sie sank bleich und schweratmend neben Rita nieder und drückte sie an die Brust, und in der Reinheit dieser Umarmung suchte sie selbst rein zu werden.

Die Angriffe des Feindes verloren an Kraft. Der Trost wurde immer größer und süßer.

So vollzog sich die Umwandlung; zuletzt existierte die Laura von einst, die sündige Laura überhaupt nicht mehr. Ritas Mutter konnte den Leuten getrost ins Gesicht sehen.

Die Liebe verliert sich nicht wie eine Linie ins Unendliche — sie endet wie der Kreis, der zum Anfange zurückkehrt.

* * *

Die heiteren Jahre der Jugend reihten sich für Rita aneinander, wie die Blumen in einem Kranze.

Laura teilte das Leben ihres Kindes in Abschnitte. Hochwichtig war der Tag, an dem die Kleine ganz ohne Hilfe zu laufen anfing, unerwartet, zum größten Staunen der An=

Die Strafe.

wesenden, besonders Lauras, der in diesem Augenblicke zu Mute war, als vollziehe sich das größte aller Wunder. Und dann, als sie sich von den Hausfreunden mit dem ersten ganz klar gesprochenen „Addio" verabschiedete. Wie komisch das klang! Sie sprach das „io" so scharf aus, daß alle laut auflachten. Und dann, als sie das Abc wußte...! Und als sie, mit nur fünf oder sechs Fehlern, Fusinatos Liedchen auswendig aufsagte:

„Nicht wahr, mein liebes Mütterlein,
Du hast dein Kindchen lieb..."

In einem besonderen Buche führte Laura Rechnung über Ritas Garderobe: in vier Jahren achtunddreißig Kleidchen, fünfzehn Paar Stiefelchen, eine große Menge von Schürzen, Spitzen, Kragen, Ärmeln, Schärpen, Bändern; letztere hatten der Mutter gehört und wurden nicht besonders gezählt.

In den verschiedenen Leidenschaften, die Lauras Herz durchmachte, stets treu in der Liebe, aber wechselnd in deren Gegenstand, wurde immer der frühere Abgott dem späteren geopfert. Ihre altjüngferliche Beschäftigung mit feinen Nadelarbeiten, ihre bräutliche Eitelkeit auf große Schränke voll weißer Wäsche, wurden in ihren Ergebnissen durch Ritas Launen null und nichtig. Rita zerriß die Stickereien, in denen unsäglich viel Kunstfertigkeit und Geduld steckte; sie saß auf Kaschmirkissen und zog die Seidensträhne heraus; sie dste mit den kleinen butterbeschmierten Händen die Papierund Chenilleblumen, die die Mutter während der langen Wartezeit ihrer jungfräulichen Jahre gearbeitet hatte, damals, als sie von ihrem Ideale noch träumte.

Laura sah unter ihren Augen zugleich mit den Fäden der durchnähten Blumen soviel süße, verblaßte Hoffnungen, soviel anmutsvolle und kindische Luftschlösser zu Grunde gehen! All dies eine ferne, vergessene, aber durchaus nicht zurücksehnte Vergangenheit.

Was bedeutete die Glückseligkeit ihrer Träume gegenüber diesem lebendigen und greifbaren Glück! Welcher Jubel ihrer

Sinne oder ihres Geistes durfte sich mit der Wonne vergleichen, in der sie jetzt lebte?

In ihrer Seele war nichts mehr irdisches. Ein Engel hatte sie an der Hand gefaßt, und mit diesem Engel stieg [sie] empor zum Himmel.

An Ritas Zukunft dachte sie noch nicht. Die Gegenwart nahm sie ganz in Anspruch, und die Gegenwart war ein Kind von vier Jahren, mit rosigen Wangen und schwarzen Locken.

Welches Entzücken, welch stolze, übergewaltige Trunkenheit, wenn die Leute sagten: „Wie schön sie ist!"

Wie geschmacklos erschienen ihr alle, die Rita nicht bewunderten!

Sie nahm Rita in die Messe mit: die günstigste Gelegenheit, durch die Eleganz der Kleinen Aufsehen zu erregen. Das Kind lehnte an ihren Knieen, und wenn es seine Gebete aufsagte, blickte die Mutter verstohlen umher; mit sorglicher Hand schob sie ihr das gesteifte Unterröckchen zurecht. Sie sprach zu ihr vom Herrn und von der Jungfrau, und dabei strich sie ihr über die Locken und sog das süße Kind förmlich ein mit ihren Augen.

Ein geheimnisvoller Frieden überkam sie unter des Gotteshauses Bogenwölbungen, die sanft übergossen waren von blauen Lichte der Fensterscheiben. Sie war glücklich und fühlte sich zufrieden, ihr Mägdlein neben sich, die Fußspitzen gestützt an den Betschemel, rings Weihrauchduft und Orgelklänge. Mit wonnigem Gefühle lehnte sie sich zurück.

Ab und zu wandte sie den Kopf, um auf Ritas Hütchen zu sehen; dann blickte sie wieder in ihr Gebetbuch. Sie verlor die Kleine keinen Augenblick aus dem Gesichte; sie gab ihr den Fächer, damit sich Rita nicht langweile.

Die Kirche erschien ihr groß und majestätisch, der Gottesdienst von ganz besonderer Festlichkeit.

Mit erhobener Stirne verließ sie das Gotteshaus. Höflich, aber würdevoll gab sie die ihr allseits gebotenen Grüße

Die Strafe. 75

zurück, und drückte sanft Ritas Händchen, und sagte ihr, sie solle auch grüßen. Ruhig, mit einem Anfluge von Stolz, schritt sie zwischen den rauschenden Gewändern der Frauen und den plaudernden Gruppen der Männer ihrem Hause zu. Eine süße Täuschung umfing sie; es war ihr, als begleite ihren Liebling ein demütiges, entzücktes Gefolge und singe dessen Lob.

Diese Heimkehr aus der Kirche, in wonniger Frühlings=
sonne, mit Rita, die in ihrem Festtagskleidchen nebenher=
hüpfte, war für sie eine regelmäßige, zum mindesten von Woche zu Woche wiederkehrende Freude; zwischen dem einen und dem nächsten Male lagen ruhige, heitere Tage.

* * *

Auf der Höhe ihrer Mutterliebe erging sich Laura in einer Welt des Lichtes, aus der sich in ihr ein Bedürfnis strengster Sittlichkeit herausidealisierte.

So duldete sie nicht mehr die oft ein wenig dekolletierten Späße der Apotheke. Unter ihrer Strenge besserte sich der eine Kreis. Der ältere Arzt verwandelte sich in einen Lehrer und erteilte Rita Rechenunterricht auf einer Konfektdüte.

Mit Vorliebe verweilte die Unterhaltung bei pädagogisch=
ethischen Themen. Man sprach über gute Grundsätze, treff=
liche Lebensregeln, über körperliche und geistige Gesundheit. Den heiteren Teil besorgte Rita durch ihre Improvisationen, ihre neckischen Einfälle, ihre Schmeicheleien — sie überströmte förmlich von guter Laune, so daß sie alle Herzen gefangen nahm.

In beseligender Ernsthaftigkeit und mit ganzer Seele unterzog sich Laura ihren mütterlichen Pflichten. Dadurch stand sie auch in großem Ansehen. Man schätzte in ihr eine hervorragende Frau von bewunderungswürdigen Eigenschaf=
ten und höchster Tugend. Nur beklagte man sie einiger=
maßen, denn Andrea Taramelli wußte sein Glück sichtlich nicht zu würdigen.

Je leuchtender und erhabener Lauras Charakter hervo·
trat, desto mehr verbarg und verschloß sich ihr Mann in si
selbst. Sein matter Blick starrte ins Leere und schien etwc
außerhalb der Welt zu suchen.

In den letzten Jahren war er sichtlich gealtert. Sei
Haare waren schneeweiß; die Gicht war ihm in die Glied
gefahren — den einen Fuß schleppte er nach.

Rita fühlte keine Vorliebe für ihn, wenn er ihr auch nic
zuwider war; die Mutter ging ihr eben weit vor. Und d
Mutter sprach ihr nie vom Vater und lehrte sie nicht, ih
schmeicheln und ihn zärtlich beim Namen rufen; im Geger
teil, sie gab ihr das Beispiel einer an Antipathie grenzer
den Gleichgültigkeit.

So oft sich Laura mit ihrem Manne beschäftigen mußt
that sie es mit gewaltsamer Anstrengung, mit unbemänte
tem Widerstreben. In dem Hause, das ihre Tochter m
Lachen und Lärmen erfüllte, berührte sie Andreas schwei
same, gedrungene Gestalt wie ein störender Schatten a
einem schönen Bilde, wie ein Stein, der den Weg verstel
Sie war seiner überdrüssig. Bisweilen überkam sie in G
genwart des von ihr so tief beleidigten Mannes ein Gefül
das an Haß grenzte.

Dann verdoppelte sie ihre Unfreundlichkeit, wurde no
kälter, noch feindseliger, und im tiefsten Innern, im gehein
sten Winkel der Seele, wo sich die Verächtlichkeit der Hyä
verbirgt, wünschte Laura, diese stumme, aber unausgese
quälende Mahnung an vergangene Dinge möge für imm
dahinschwinden.

* * *

An einem warmen Augusttage saß Laura wie so oft v
der Apotheke.

Ein schwarzseidenes Kleid mit erbsengroßen weißen Tu
pfen — ein wenig abgetragen, aber als Hausgewand no
ganz brauchbar — umschloß bis hoch hinauf zum Halse ih

Die Strafe.

:agen aus Kammgarn wurde enge und fest
8, geknotetes Band zusammengehalten.
3 Spitzentuch) bedeckte ihr Haar und verlief
:n, sich unter dem Kinn zusammenschließend.
ereits das Gesicht; die schweren Lider waren
nd warfen einen Schleier über die Augen,
b und zu in ihrem früheren Glanze auf=

r es heiß gewesen. Auf den Sessel hinge=
h Laura Kühlung mit einem Fächer von
tem Papier überspannten Stäben.
tiefen Gedanken. Für Augenblicke runzelte
nd preßte die Zähne auf die Unterlippe.
um sie herum und bestürmte sie mit Fragen.
ir ein Band ins Haar flechten? Muß ich
mmer, immer anbehalten? Wird mir der
1 Streich auf die Wange wehe thun?"
Tag stand bevor. Der Bischof der Provinz
Firmung nach Culosa.
vollte sein Frühstück in der Apotheke nehmen.
nit ihr verbundenen Mühe heißersehnte Ehre
ie zuerkannt: sie war ihrer würdig, und dann
sich mit dem Hause Taramelli an reicher und
htung messen.
waren aus der Stadt berufen worden; sie
der Küche am Werk, zur Bewunderung des
und des Laboratoriumgehilfen.
ußte in den oberen Räumen angerichtet wer=
hoß gab es keinen passenden Saal. Laura
l um. Ihr Schlafzimmer, das schönste Ge=
einen Salon verwandelt; Andrea verbannte
lbkämmerchen. Sein Fuß verursachte ihm
; statt nützlich zu sein, machte seine Gegen=
erigkeiten. Laura leitete alles mit Energie

Ein außergewöhnlicher Stolz erfüllte sie; der Ehrgeiz e1
zeugte in ihr ein Fieber, nicht geringer als das der Lieb
Sie sah ihre Rita alle Mädchen im Orte überragen; sie sa
ihr Haus als Gegenstand des Neides, den Namen ihres Ki1
des im Munde aller.

Um ihre eigene Erscheinung kümmerte sie sich wenig. S
kleidete sich, ohne den Spiegel zu benutzen, in Eile an, un
kämmte sich nur hastig.

Für immer verbannt aus den Myrtenhainen von Kn
dos, begann sie sich mit der strengen Cypresse zu umgebe1
Aus dem Reiche Kupidos in das Reich Jesu Christi füh1
ein schmaler Pfad: der vierzigste Geburtstag.

Laura hatte dieses bedeutungsvolle Datum hinter sid
Der Umschwung vollzog sich auch in ihr. Das Asketentu1
paßt für verfallende Jugendkraft: es gleicht dem Moose, da
die Ruinen mit frommer Majestät umkleidet.

Sie hatte Rita unterwiesen, das Sakrament bescheide
und ehrfurchtsvoll zu empfangen. An diesem Abend wiede1
holte sie nochmals alle Ratschläge. Ihre Erziehungsmethod
war vortrefflich; sie stützte sich auf die Grundlage strengste
Moral.

Andreas Freunde waren voll Bewunderung für die|
musterhafte Mutter; sie selbst fühlte sich voll Stolz, voll Be
friedigung. Sie sagte, die Tugend sei die erste Mitgift ihre
Geschlechtes; sittlich untadelhafte Frauen seien naturgemä
auch gute Mütter, und auf den Müttern beruhe das Schid
sal der Welt.

Die Unterhaltung an diesem Abend war sehr anregen
und überschritt die gewohnte Zeit. Auch Rita wollte nich
zu Bett gehen; der Gedanke an das morgige Fest v rsetzt
sie in Aufruhr.

Endlich begab man sich im Hause Taramelli zur Ruhe
aber man schlief wenig und schlecht. Bei Tagesanbruch wa
alles auf den Beinen.

Die oberen geräumigen Gemächer erwarteten festlich auf

geputzt, den Fußboden mit frischem Wasser besprengt, mit halbgeöffneten Jalousien, den hochwürdigsten Gast.

Von Lauras kundiger Hand ausgebreitet blendeten die Tischtücher durch ihren Glanz. Die alten Bestecke, zu leuchtendem Glanze ausgescheuert, schimmerten neben den antiken Majolikatellern. Ein mächtiger Blumenstrauß verbreitete süßen Wohlgeruch.

Im Saale des Erdgeschosses kniete Laura vor ihrer Kleinen und band ihr die Schuhe. Ihr Gesicht glühte.

Auf dem Tische lagen sauber nebeneinander das weiße Kleid, das himmelblaue Band, der Schleier, die Handschuhe, eine Blume, die Rita durchaus ins Haar gesteckt haben wollte, die aber Laura zu profan für diese Gelegenheit erachtete. Als sie aber die Blüte dann doch versuchsweise in das Lockenhaar des Kindes steckte, da stand sie dem Mädchen so gut, so schön, daß die Mutter nicht den Mut fand, sie wieder herauszunehmen.

„Und du, Mütterchen, kleidest dich nicht an?"

„Später."

„Welches Kleid nimmst du?"

„Ich weiß noch nicht."

„Du mußt dich sehr schön machen; hörst du?"

Laura lächelte und zuckte die Schultern.

Die Glocken läuteten in mächtigen Tonwellen zum Feste. Die Sonne strahlte in herrlichster Pracht; der ganze Ort war in Aufruhr.

Jeden Augenblick öffnete sich die Thüre des Zimmers; ein neugieriger Kopf kam zum Vorschein, um Ritas Toilette zu besichtigen.

„So gönnt mir doch einen Augenblick Ruhe," sagte Laura endlich und schob den Riegel vor.

Und sie nahm ihre Kleine mit beiden Händen, stellte sie in einige Entfernung, ließ sie sich umdrehen: hier richtete sie noch eine Schleife, dort einen Knoten. Alles in allem schien sie ihr unvergleichlich.

„Du süßes, süßes Kind!" rief sie aus. Nur mit Rü[ck]sicht auf das Kleid, das nicht verdrückt werden durfte, preß[te] sie das Mädchen nicht ans Herz. „Du bist mein lieb[er,] teurer Schatz, mein Kleinod, meine schöne, meine einz[ige] Rita!"

Das Kind jauchzte. In dem Kaminspiegel, zwischen d[en] Lorbeerblättern, sah es die eigenen schwarzen Augen leucht[en.] „Mutter, werden die anderen Kinder auch so schön s[ein] wie ich?"

Welch ein Gedanke! Laura war nahe daran, zu sage[n,] niemand in der ganzen Welt könne sich mit ihr vergleich[en,] aber sie besann sich noch rechtzeitig und antwortete gefaß[t:] „Es ist nicht gut, mein Kind, auf Schönheit stolz zu se[in.] Sie ist ein Geschenk ohne Dauer; nur die Tugend hat B[e]stand. Sei gut und fromm, gehorche deiner Mutter; da[nn] wirst du immer glücklich sein."

* * *

Die Kirche war voll von Menschen. Die weißen Schle[ier] der Mädchen umgaben den Altar gleich einer Wolke, u[nd] im Hintergrunde stand wie ein dichter Zaun die Schar d[er] aufgeregten und von der Bedeutung des Augenblickes dur[ch]drungenen Mütter.

Man wisperte leise. Von Zeit zu Zeit fiel ein B[uch] oder ein Taschentuch, eine Mutter hustete, ein Kind rüh[rte] sich. Die Kleidchen waren in unruhiger Bewegung und ve[r]loren dadurch ihre Gesteiftheit. Eine Locke entschlüpfte d[em] Schleier. Die Qual der Erwartung wurde unerträglich [an] diesem Augustmorgen, in der drückenden Luft des abgeschl[os]senen Gotteshauses, zwischen den brennenden Kerzen.

Der Küster ging mit strengen Blicken durch die Reihen, d[ie] junge Geistliche lasen im Halbdunkel der Kapelle eine Meß[e.] Der hochwürdigste Herr Bischof ließ auf sich warten.

Endlich erschien er, strahlend, mit vergoldeter Bischof[s]mütze, in den Stickereien seiner weißen Stola.

Alle Kinder warfen sich auf die Kniee. Ihre Silberstimmen intonierten ein Gebet; aus den Weihrauchfässern stieg qualmend der Duft empor, hoch hinauf, in die obersten Wölbungen.

Die heilige Handlung währte durch ein paar Stunden. Laura war unter den ersten, die sich entfernten. Sie hatte Eile; sie wollte daheim noch einige Anordnungen treffen, um den Bischof würdig zu empfangen. Sie hastete heimwärts, leichtfüßig, das Herz voll Jubel.

Andrea erwartete sie am Thore, auch er ein wenig erregt, mit Augen, in denen es schimmerte, als habe er geweint.

„Ich bitte dich," sagte Laura, als sie eilig bei ihm vorüberkam, „nimm dich zusammen, daß du einen guten Eindruck machst," und leise setzte sie für sich hinzu: „wenn dies überhaupt möglich ist."

Nein; es war nicht möglich. Laura fühlte sich genötigt, allein die Honneurs zu machen. Wenn es, ohne Aufsehen zu erregen, angegangen wäre, hätte sie ihren Mann veranlaßt, in einem anderen Zimmer zu speisen. Er schmatzte so laut, wenn er aß, und an der Tafel saß der Bischof. Aber er war nun einmal ihr Mann — da ließ sich nichts machen!

So begnügte sie sich, ihm an dem unteren Ende der Tafel einen Platz anzuweisen, neben einem etwas buckligen Abbate, der schnupfte.

Sie selbst war untadelig in ihrer Erscheinung und in ihrem Benehmen. Sie trug ein Seidenkleid mit Schleppe; die Ärmel waren mit Spitze besetzt, in den Ohren funkelten Diamanten, ein wertvolles altes Erbstück des Hauses Taranelli. Sie lächelte unablässig: sie war glücklich.

Monsignore war sehr genügsam; von der reich bestellten Mahlzeit kostete er nur wenig. Aber er sprach vorzüglich und gern. Alle lauschten. Laura hing an seinen Lippen; sie aß keinen Bissen. Ehrfurchtsvoll antwortete sie auf seine gütigen Erkundigungen; ja, sie wagte es, in Hinsicht auf Ritas Erziehung selbst Fragen zu stellen.

6

Die hochwürdigen Herren im Gefolge Monsignores ware dafür ausnahmslos mit vorzüglichem Appetit gesegnet. Di ununterbrochene Thätigkeit ihrer Kinnbacken begleitete di Auseinandersetzungen des Bischofs. Während dieser von de Glut des Glaubens sprach, knirschten die Fasanenknoche unter den Zähnen der Geistlichkeit.

Laura schlug vor, den Kaffee auf der Terrasse zu nehmer wo der Laubengang grünen, frischen Schatten spendete. Viel Sessel waren dort im Halbkreis aufgestellt. Auf der steile Stiege nahmen sich einige Blumenvasen sehr schön aus. Unte sah man den kleinen Garten, darüber spannte sich ein klarer wolkenloser Sonnenhimmel aus.

Jetzt erschien Rita.

Sie kam furchtsam und verschämt. In ihrem Köpfche wirbelten all die guten Lehren der Mutter.

Der Bischof fuhr ihr liebkosend über das Haar, hielt a sie eine kleine Ansprache und hing ihr schließlich in huld voller Herablassung ein goldenes Kreuzchen zur Erinnerun an den bedeutungsvollen Tag um den Hals.

Nie hatte Laura eine so innige Freude, nie eine so voll ständige Befriedigung empfunden.

Sie saß in geringer Entfernung von Monsignore — ge nau dort, wo vor acht Jahren Hugo in der leidenschaftliche Glut der letzten Liebesnacht sie umfaßt gehalten.

„Signora," sagte der Bischof mit weicher, einschmeichelu der Stimme, „danket dem Herrn, der Euch ein so liebes Kin geschenkt hat! Gewiß, es ist die Belohnung Eurer Tugend."

„O, Monsignore! Rita ist meine größte Freude, abe auch meine größte Sorge."

„Und weshalb sorgt Ihr?"

„Ich fürchte den Einfluß des Bösen."

„Ihr habt recht. Es ist gut, daß Ihr fürchtet. Abe hinwiederum: guter Samen trägt gute Frucht. Gott verläß nicht den, der sich ihm anheimgiebt. Der Mensch, der au die eigene Kraft vertraut, ist ohnmächtig. Stolz bringt e die Berge ein, höhlt sie aus und errichtet Wölbungen; der ein Hauch Gottes vernichtet sein mühsames Werk. Gott t ewig, und der Mensch stirbt..."

Laura neigte zustimmend ihr Haupt, ergriffen von frommer Bewunderung.

Von den Geistlichen sagte keiner ein Wort. Sie saßen zurückgelehnt in ihre Stühle, den Kopf nach rückwärts, die Brust vorgestreckt, die Beine gespreizt. Es war ihnen sehr heiß; der eine fächelte sich Kühlung mit dem breiten, farbigen Taschentuch, ein anderer lockerte verstohlen den Gürtel.

Monsignore ergriff noch einmal das Wort. Er pries die christliche Demut, das einfache, patriarchalische Leben. Er wies auf die Abwege hin, die für die Gebildeten gefährlicher sind, als für die Einfältigen, und nach einem kleinen Ausfall gegen den modernen „Fortschritt" nahm er eine Tasse Kaffee aus Lauras Händen in Empfang. Er trieb sodann seine Liebenswürdigkeit so weit, daß er eigenhändig ein Stückchen Zucker faßte und es in Ritas Schale warf.

Laura hätte am liebsten die Mauern niedergerissen, um ganz Culoja zum Zeugen ihrer Triumphe zu machen. Jedermann sollte gewahr werden, wie sie strahlend und doch ruhig mit dem Bischof wie mit ihresgleichen sprach, während Rita neben ihr schäkerte, mit der stolzen Sorglosigkeit einer Prinzessin.

Als der Bischof mit der Versicherung vollkommener Zufriedenheit Abschied nahm, küßte ihm Laura ehrerbietig die Hand und bat ihn, er solle sie und ihre Tochter segnen — was er auch mit größter Bereitwilligkeit und Güte that. Als er auf der Thürschwelle war, bemerkte er an der Wand Andrea. Er trat einen Schritt zurück, erhob die Hand und segnete auch ihn — schließlich gehörte er doch auch zur Familie.

* * *

Das Ansehen der Taramelli stieg bedeutend, seitdem der Bischof ihr Gast gewesen war. Laura knüpfte neue Verbin-

dungen mit den besten Familien an. Die früheren Freund
mit denen man nicht soviel Ehre einlegen konnte, hielt ｛
geschickt fern, und löste so allmählich die bisherigen B
ziehungen.

Manche nannten sie hochmütig, aber diejenigen, mit d
nen sie nun in regeren Verkehr trat, lobten ihre vortref
lichen Umgangsformen.

Nach dem Beispiele der reichen Leute schickte sie Rita
ein städtisches Institut. Das Kind zu entbehren, war fi
sie zweifelsohne ein großes Opfer. Der längliche Salon, d
Hof, die Terrasse, das Schlafzimmer — Andrea hatte
längst nicht mehr betreten — alles schien ihr verwaist, ihr
Engels beraubt. Aber es war zu Ritas Wohl: vor dies
Überlegung schwanden alle Einwände.

Lauras ganzes Denken und Trachten war nunmehr a
einen einzigen Punkt gerichtet: auf Ritas Zukunft.

In den traurigen, schier endlosen Tagen, die sie mit ihre
Gatten durchlebte, in denen sie sich an seine einsiedlerisch(
Launen, an seinen Trübsinn, an sein vorzeitiges Greisentu.
zu gewöhnen gezwungen war, hatte sie nur einen einzig(
sündhaften Gedanken: „Was werde ich thun, wenn ihn G<
vor mir abberuft?"

Die Apotheke verkaufen, das Kapital realisieren, m
ihrer Tochter in eine große Stadt übersiedeln, wo Rita z|
richtigen Geltung kommen könnte. Später eine glänzen
Heirat. Jede Eitelkeit sollte befriedigt werden; jede Freud
jedes Glück sollte auf Ritas Haupt niederströmen. Lau
verlor sich in die Einzelheiten ihres Projektes. Diese u
jene Möglichkeit faßte sie liebevoll ins Auge; sie stellte B
rechnungen an und baute Luftschlösser.

Ohne sich darüber klar zu werden, gab sie sich für Rit
Zukunft nochmals allen Illusionen ihrer eigenen Vergange
heit hin.

In den Ferien kam das Mädchen nach Hause. Lau
bewunderte die Fortschritte ihrer Tochter; mit aufmerksamer

entzücktem Auge sah sie, wie sich ihre Schönheit entwickelt
hatte, und in ihrem unsäglichen Stolze fand sie ihr Kind
immer teurer und liebenswürdiger.

Rita war graziös und zart. Aus ihren schwarzen, ein=
dringenden Augen sprach eine ganze Welt. Sie glich Hugo
in überraschender Weise. Jedoch fiel es niemand ein, darin
etwas besonderes zu finden; Fälle solcher Familienähnlichkeit
sind ja nicht selten.

* * *

Die Jahre flossen dahin, langsam, zögernd, schließlich
aber gingen sie doch vorüber — wie alles vorübergeht, für
den Schmerz als größter Trost, für das Vergnügen als ver=
nichtendes Gift.

Rita verließ das Institut und kehrte heim. Sie belebte
das schlummernde Echo in dem alten Hause der Taramelli.
Der Frohsinn ihrer fünfzehn Lenze erleuchtete jeden Winkel,
verjüngte alles.

Schön und lächelnd saß sie in dem dunkeln Salon des
Erdgeschosses und der Raum füllte sich mit Licht; das Git=
terfenster schien sich zu strecken; sogar die Marmorfrüchte, die
seit vielen, vielen Jahren die Mitte des Tisches schmückten,
gewannen ein schmuckeres Aussehen.

Aber bald erklärte Rita diese Früchte für altmodisch, und
sie verschwanden. Sie machte es sich zur Aufgabe, sie jeden
Morgen durch einen Strauß frischer Blumen zu ersetzen.
Dann kam sie auf den Einfall, einige Glycinenschößlinge in
die Rebenranken des Laubganges zu mischen. In den klaren
Morgenstunden des Aprils hörte man sie, mit einer zierlichen
Stickerei beschäftigt, unter den duftenden Dolden singen wie
eine junge Lerche.

Ihre Mutter verging fast vor Zärtlichkeit und Liebe.
Sie ansehen, küssen, sie süß, süß und wieder süß nennen,
das genügte nicht ihrem von mächtig lodernder Flamme
verzehrtem Herzen.

Sie zog sie an sich in enger Umarmung; sie fuhr i[hr]
liebkosend über das Haar; sie biß leicht in das zarte Oh[r]
läppchen; mit einer Art verzückter Leidenschaft sog sie d[ie]
blühende Schönheit ihres Mädchens ein. Oft, wenn [sie]
Rita geküßt und wieder geküßt hatte, fiel sie in einsame[r]
Gemache auf die Kniee und schluchzte trunken vor Wonn[e]
und dankte ihrem Gott.

Neben den Ausbrüchen solcher Leidenschaft fühlte sie da[s]
Bedürfnis, das Tugendhafte derselben laut zu verkünde[n.]
Sie sprach von der Mutterliebe als der höchsten, der einzige[n]
Liebe. Eine Atmosphäre strengster Sittsamkeit umgab s[ie]
auf Schritt und Tritt.

Den alten Bekanntenkreis, der sich allabendlich in de[r]
Apotheke zusammengefunden, hatte sie längst aufgelöst. De[r]
alte Arzt war gestorben, der andere wurde auf höfliche Wei[se]
entfernt. Für ein junges Mädchen wie Rita paßten nich[t]
Leute, die in ihrem Denken und Sprechen bisweilen die e[r]
laubten Schranken überschritten.

Laura prunkte so sehr mit ihren strengen Grundsätzen[,]
spielte sich mit solcher Festigkeit in ihre Rolle als untadelig[e]
Frau ein, daß es ihr gelang, schließlich auch die letzte Er[-]
innerung an ihre Schuld im eigenen Bewußtsein zu ver[-]
wischen. Sie besaß die Sicherheit einer Götterstatue, die au[f]
marmornem Fußgestell solide gestützt ist. Von der Höh[e]
ihrer sorgenlosen Lebenslage warf sie der Zukunft ihre Her[aus-]
ausforderung zu. Mit verdrießlicher Ungeduld blickte sie nu[r]
auf Andrea, den jetzt die Gicht ganze Wochen lang auf[s]
Schmerzenslager bannte.

Melancholisch, wie eine Ewigkeit mußten sich dem arme[n]
Alten die Stunden hinziehen, während Laura und Rita ei[n]
Leben voll Bewegung führten. Tagsüber waren die Fraue[n]
kaum zu Hause. Abends vernahm er Ritas helle und Lau[-]
ras gedämpfte Stimme, in langen Zwiegesprächen, an dene[n]
er nie teilnahm.

Manchmal, an wärmeren Tagen, geleitete ihn der La[-]

boratoriumgehilfe in den Garten. Da saß er dann in einem
strohgepolsterten Lehnstuhl und blickte stundenlang auf die
Mauern, wo sich ihm die grotesken Zeichnungen seiner Kind=
heit zeigten. Seine Gedanken wanderten dann zurück zu den
Zeiten, in denen er glücklich war — vielleicht dachte er an
seine Mutter, die er so geliebt hatte!

Aber eines Tages sah er sich auch dieser letzten Freude
beraubt. Auf Ritas Wunsch und Lauras Anordnung über=
tünchte ein Maurer die kindischen Zeichnungen mit breiten,
himmelblauen Streifen. Andrea, auch um diese Zerstreuung
gebracht, kehrte in die Apotheke zurück, wo er — das konn=
ten sie ihm nicht nehmen — jede halbe Stunde den einen
oder den anderen der fünftausend Einwohner von Culosa vor=
übergehen sah.

Kamen zufälligerweise auf einmal zwei Bürger vorbei,
dann sagte gewiß der eine zum andern: „Sieh dir doch den
Andrea an! Er ist wirklich schwachsinnig geworden. Welch
ein Kreuz für seine vortreffliche Frau!"

* * *

Als Aufseherin der Mädchenschule, Lehrerin des Katechis=
mus, Armenmutter des Vereins zur Besserung gefallener
Mädchen hatte Laura die aufsteigende Bahn ihrer Glückselig=
keit vollendet.

Jetzt war sie dem fünfzigsten Jahre nahe. Aus den
strengen Zügen ihres blassen Gesichtes leuchtete der Stolz,
ihr Schicksal besiegt zu haben, und trotz der harten Falten,
die das Leben mit seinem aufreibenden Kampfe auf ihre Stirn
gegraben hatte, schimmerte aus den noch immer schönen Au=
gen die Befriedigung und das Glück, welches erwiderte Mut=
terliebe gewährt.

Sie vergaß all den erduldeten Schmerz, wenn sie auf
Rita blickte, und auf das junge Haupt ihres Kindes rief sie
all die Freude, die ihr versagt geblieben. Oft dachte sie dar=
über nach, ob Mütter von zehn, zwölf Kindern diese so heiß,

so leidenschaftlich lieben könnten, wie sie ihr einziges, un‹
sie kam dann immer zur Überzeugung, mit ihrer Liebe könn‹
sich keine noch so unendliche Leidenschaft vergleichen.

Lauras Ruf, ihre Frömmigkeit erwarben ihr die Zunei‹
gung einer verwitweten Gräfin, die sich mit ihren erwachse‹
nen Kindern, einem Sohne und einer Tochter, vor kurzer‹
in Culosa niedergelassen hatte. Die junge Gräfin, in Ritas
Alter, schloß bald vertraute Freundschaft mit der Tochter Lau‹
ras, und dies gab den Anfang von Beziehungen, die binne
kurzem sehr innig wurden.

Die beiden Mädchen liebten einander mit Enthusiasmus
In ihrer Zärtlichkeit regten sich glühende Hoffnungen, di
ihren unschuldigen Herzen noch nicht klar bewußt warer
Jetzt erfolgte ein leidenschaftlicher Ausbruch ihrer Freund
schaft, jetzt schwuren sie einander ewige Zuneigung. Lang
Stunden hindurch plauderten sie auf der Terrasse unter der
reifenden Trauben.

Nachts, wenn Rita schlief, trat, leise und vorsichtig, un
sie nicht zu wecken, Laura an ihr Bett. Zärtlich blickte si
auf ihr schlummerndes Kind! Wie liebte sie das Lächeln
auf den rosigen Lippen! Sie suchte die Gedanken zu er
spähen, die in den Träumen des Mädchens Gestalt gewan
nen. Wie fürchtete sie, neue, heftige Erregungen könnten der
Frieden dieser Seele stören!

Aber Ritas Schlaf war ruhig wie ihr Herz. Die Mut
ter durfte unbesorgt sein.

Und doch stürmte gar oft ängstigende Besorgnis auf Laurc
ein, wenn sie sich über das Kopfkissen ihres vergötterten Kin‹
des neigte.

Welche Zukunft war ihr vorbehalten? Verdiente dat
schwarze, leuchtende Haar, das wie der Mantel einer Köni‹
gin auf die Schultern fiel, nicht eine Perlenkrone? Welche
Lippen waren so rein, so vornehm, daß sie würdig waren
diesem jungfräulichen Mund die Liebe zu lehren? Wo, au‹
welchen Pfaden sollte ihre zarte Gestalt sich bewegen? Eine

besondere, eine glanzerfüllte Welt mußte Gott für dies ihr süßes Kind erschaffen! Gott ist so voll Güte! Es genügt, ihn anzuflehen! Und Laura flehte zu Gott mit dem Vertrauen einer glaubensgewaltigen Märtyrerin.

Ein Gedanke lächelte sie vor allem freundlich an. Sie hegte ihn in ihrer Einsamkeit, verborgen wie einen Schatz, den man sich fürchtet der Luft und dem Lichte preiszugeben.

Sie gestand ihn keiner lebenden Seele, auch ihrer Tochter nicht, wiewohl diese ihn nicht ein= sondern hundertmal hätte entdecken müssen, wenn sie nur ein wenig mehr Lebenserfahrung besessen hätte. Und nicht nur in den Augen der Mutter konnte sie ihn lesen, sondern auch in zwei anderen Augen, die zwar furchtsam, aber doch liebevoll in die ihren blickten.

Der Bruder ihrer Freundin, der junge Graf Imbriani, verbarg nicht die Sympathie, die ihm das süße Mädchen einflößte. Seine vorurteilsfreie Mutter schien gegen diese Empfindungen nichts einwenden zu wollen, und so hatte Laura Grund, sich den kühnsten Hoffnungen hinzugeben.

Erst vor wenigen Tagen hatten die Gräfin und Laura mit ihren Kindern gemeinschaftlich ein ländliches Fest besucht und eine Abendmahlzeit im Freien veranstaltet. Der Vorschlag zu dem Ausfluge war von dem jüngeren Teile der Gesellschaft ausgegangen; die Mütter hatten gern ihre Einwilligung gegeben.

Laura rief sich, zu Hause angelangt, jede Einzelheit ins Gedächtnis zurück und prüfte die Ereignisse des Tages sorgfältig auf ihre Ursachen und Wirkungen.

Der junge Imbriani war eifrig um Rita bemüht gewesen; er hatte sie mit tausend Aufmerksamkeiten und zärtlichster Sorgfalt umgeben. Wie sie so nebeneinander saßen, unter der heiteren Wölbung des Himmels, im Schatten grüner Bäume, freudig, lachend, schienen sie wie eigens dazu geschaffen, einander zu lieben und glücklich zu sein.

Nie hatte Rita so schön, so liebreizend ausgesehen. Ihre

Wangen glühten, ihr Auge leuchtete, ihre Büste hob sich za[rt]
und anmutig ab in dem Rosa=Perkalkleid. Sie glich eine[r]
Blüte, einem Engel; Laura geriet noch bei der Erinnerun[g]
in Entzücken.

Nur ein wenig zuviel hatte Rita getanzt. Als die vor[-]
sichtige Mutter das Gras mit den Händen berührte und b[e]
merkte, der Abendthau sei bereits gefallen, da bat der jung[e]
Graf so eindringlich, nur noch einen Walzer mit Rita tan[-]
zen zu dürfen, daß Laura nicht „Nein" sagen konnte. Un[d]
die jungen Leute umfaßten sich und flogen dahin im Scha[t-]
ten der Maulbeerbäume, die im milden Lichte des Monde[s]
zu schimmern begannen.

Bald führte der Graf Rita ihrer Mutter zu; Rita fühl[te]
sich doch ein wenig müde.

Fröhlich und heiter trat man den Heimweg an.

Nachts, während Rita schlief und die fürsorgliche Natu[r]
dem Mädchen neue Kraft zuführte, baute Laura im Geis[t]
weiter an dem von ihr so heiß herbeigewünschten Idyll.

Vor ihr, auf dem von einer Öllampe spärlich beleuchtete[n]
Tische lag ein Blatt Papier, ein Tintenfaß und eine Feder[.]
Von Zeit zu Zeit schrieb Laura eine Zeile oder eine Ziffe[r]
ohne Hast, wie ihr gerade die Daten einfielen. Sie stellt[e]
die Zahlen der Ausstattung Ritas zusammen. Das Bla[tt]
sollte in ihrer Geheimschatulle neben ein früheres gelegt wer[-]
den, auf dem die Kleider und Schuhe aus Ritas Kinderzei[t]
notiert waren.

Die Ausführung war nicht so leicht. Lauras Gedanke[n]
irrten unruhig umher; sie strengte sich an, sie zu konzen[-]
trieren, aber unwillkürlich fand sie sich auf die grüne Wies[e]
versetzt und sah Rita von dem jungen Grafen zärtlich um[-]
faßt im Tanze dahinschweben. Sie mußte die Feder nieder[-]
legen.

Ein Konzert von Zithern und Harfen tönte ihr den hei[-]
ligen Hymnos ins Ohr: „Hymen, Hymen!" Blumen, Dop[-]
pelleuchter, das Rauschen von Atlasgewändern, Kränze —

eine bunte Fülle von Festlichkeiten zog berauschend an ihrem Geiste vorüber. Ihre Brust hob sich in jubelndem Stolze und ihre Augen füllten sich mit Thränen.

Alles, was noch von Jugend und Liebe und Leidenschaft in der fünfzigjährigen Frau vorhanden war, erwachte bei dem Gedanken an die Zukunft ihrer Tochter, wie sich der erstarrte Körper bei der Berührung des elektrischen Stromes bewegt. Die Runzeln der Stirne schienen für einen Augenblick weggewischt, wundersam freudig flammten die Augen; aus der Tiefe ihres Herzens stiegen die Schemen längstentschwundener Freude empor. Sie verlor sich in unbestimmte, glückliche Träume — bis eine Bewegung des schlummernden Mädchens sie zur Wirklichkeit zurückführte.

Und sie griff wiederum zur Feder, und mit erregter Hand addierte sie die Ziffern einer fürstlichen Mitgift.

* * *

„Wie, noch zu Bett?"

Laura trat ins Zimmer, mit einem Arm voll Leinwand die sie kaum zu fassen vermochte. Sie legte ihre Last eilig auf den nächsten Sessel und näherte sich Rita, die gähnend sagte: „Ich habe keine Lust aufzustehen, Mütterchen!"

„Ach, du Faule! Auf, auf! Sieh nur, welch schönen Einkauf ich heute früh schon gemacht habe!"

„Was denn?"

„Irländische Leinwand, Goldkind. Und weißt du auch für wen?"

Rita lächelte. Aber statt aufzustehen, stützte sie sich leicht auf den Ellbogen und hob das Köpfchen.

„Fühlst du dich unwohl?"

„Nein. Ich bin nur müde."

„Noch immer müde? Unmöglich!"

„Und doch ist es so. Bitte, laß mich den Kaffee im Bett trinken, Mütterchen! Hernach will ich aufstehen."

„Verwöhnte Prinzessin!"

Laura drohte mit dem Finger und blieb einen Augenblick stehen, um ihr schönes Töchterchen zu betrachten.

„Und bring mir ihn selbst, Mütterchen!"

„Auch das noch? Auch das? Du richtest es dir wirklich bequem ein."

Laura versuchte ein finsteres Gesicht zu machen. Im Augenblick darauf stürzte sie sich auf ihr Kind und küßte es so heftig und zärtlich, als wenn Rita noch immer vier Jahre alt wäre.

Von den Armen der Mutter zärtlich umschlossen, ließ Rita ein fröhliches, silbernes Lachen ertönen. Ihr schwarzes Haar fiel in reicher Lockenfülle auf das Kopfkissen, ihre weißen zarten Arme erwiderten die Umarmung mit taubenhafter Zartheit. Laura empfand ein so mächtiges, so überströmendes Glück, daß sie fast in einen Krampf verfiel.

„Du, mein Kleinod, meine Seligkeit!" murmelte sie. Dann küßte sie ihr Kind noch einmal in heißer Liebe und eilte davon.

Unten in der Küche traf sie wegen des Kaffees Anordnungen. Als sie wieder hinaufgehen wollte, bemerkte sie auf der Schwelle die Frau, die ihr kurz vorher die Leinwand verkauft hatte.

„Vergeßt nicht," sagte sie zu ihr, „wenn Ihr ganzleinene kleine Taschentücher mit engen Streifen habt, so kommt zu mir und laßt mich sie sehen. Und Spitzen — werdet Ihr vielleicht Spitzen bekommen?"

„Ganz sicher."

Bei diesem Thema war ein kurzer Abschluß unmöglich. Laura sah sich veranlaßt, die Einzelheiten mit großer Genauigkeit zu besprechen. Solche Spitzen für die Leibwäsche, solche für die Nachthäubchen!

Sie stand dabei mit den Schultern an die Mauer der Stiege angelehnt und rechnete mit den Fingern.

Plötzlich schreckte sie zusammen. Sie hatte oben ein Geräusch gehört, wie von jemand, der sich mühsam fortschleppt. Sie brach rasch ihre Unterredung ab, stieg hastig hinauf und warf beinahe ihren Gatten um, der mühsam herunterkam.

Der alte Mann stützte sich auf einen dicken Stock. Das Gehen verursachte ihm sichtlichen Schmerz. Seine Augen waren mit Thränen gefüllt und blickten wirr und unsicher.

„Was thust du oben?" fragte Laura rauh, mit lauter Stimme.

„Ich habe Rita besucht."

„Ach, laß sie in Frieden! Bleib doch in deinem Lehn=sessel; das ist das Beste für dich."

Der Alte sprach weiter.

„Sie fiebert."

„Wer? Wer fiebert?"

„Das Mädchen."

„Rita?"

Laura warf ihrem Gatten einen Blick des Hasses zu, als habe er das Fieber auf ihren Engel herabbeschworen. Dann ließ sie ihn stehen und eilte wie ein Pfeil in das Zimmer.

„Thorheit," sagte sie, indem sie Ritas Stirn befühlte. „Nicht wahr, dir ist ganz gut, mein Herzchen?"

„Ja, mir ist ganz gut. Aber der Vater sagt, daß ich fiebere."

„Er weiß nicht, was er spricht. Achte nicht darauf. Mir mein Kind so zu ängstigen! Wie solltest du fiebern? Du bist frisch wie eine Rose. Schnell, schnell, stehe auf! Wir wollen einen Besuch machen. Nimm das neue Foulardkleid. Was wohl die Damen Imbriani sagen werden?"

„Ich habe keine Lust auszugehen, Mütterchen."

„Du hast keine Lust auszugehen? Du bist ja noch gar nicht aufgestanden. Versuch's nur zuerst!"

Rita gehorchte.

Langsam kleidete sie sich an; sie fröstelte. Sie steckte den Fuß in den einen Schuh; den anderen Schuh ließ sie fallen.

„Mütterchen, es geht nicht."

„Gieb her, mein Püppchen; ich will dir helfen!"

Ein wenig ärgerlich ging Laura daran, das lose Haar ihrer Tochter zusammenzufassen; da sah sie zu ihrem unaussprechlichen Schrecken das Mädchen erbleichen und sich einer Ohnmacht nähern.

„Was bedeutet das? Was ist dir, Rita?"

„Ich habe es dir gesagt, Mütterchen, es geht nicht!"

Kaum hatte Rita dies gesprochen, als sie, den Hals der Mutter umklammernd, ohnmächtig auf das Bett zurücksank.

Entsetzt rief Laura um Hilfe. Sie kleidete Rita schnell aus und brachte sie unter die Bettdecke; die Stirne kühlte sie ihr mit Eau de Cologne. Rita kam fast sogleich wieder zum Bewußtsein, aber sie fühlte sich unwohl. Ohne weitern Verzug ließ Laura den Arzt holen.

Das Fieber war wirklich da. Andere Symptome fehlten für den Augenblick. Der Arzt konstatierte eine heftige Erkältung. Rita solle gut zugedeckt und ruhig bleiben; man müsse abwarten.

Als sich der Arzt entfernt hatte, fiel Laura kraftlos auf einen Schemel zu Füßen des Bettes.

„Mein Gott!" murmelte sie, „wenn sie wirklich krank wäre! Laß mich für sie leiden, du Allerbarmer!"

* * *

Die Tage verstrichen; Rita verließ das Bett nicht.

Ein leichtes Fieber, beständiges Hüsteln, ein allgemeines anhaltendes Unwohlbefinden ließen eine versteckte Krankheit befürchten, die viel ernster sein konnte, als die ersten Tage vermuten ließen.

Die Bronchitis trat nicht offen und heftig auf, sondern nahm einen unbestimmten Charakter an, der das Urteil des Arztes beirrte. Er wollte abwarten und sprach sich fast gar nicht aus.

Die Gräfinnen kamen beide allabendlich, mit Arbeiter

Die Strafe.

im Körbchen, um der Kranken Gesellschaft zu leisten. Man plauderte; bisweilen lachte man auch.

Das Wetter war schlecht geworden; diesem Umstande schrieb man die Schuld an Ritas fortdauernder Unpäßlichkeit zu. Die Gräfin-Mutter versicherte, bei solchen Temperaturverhältnissen fühle sich auch ein Gesunder unbehaglich.

Solange Leute um sie waren, glaubte Laura gern ihren tröstenden Worten; sie fühlte sich ruhiger und hoffte bestimmt, ihr Kind werde ehestens genesen. Aber nachts, wenn sie mit Rita allein war, da befiel sie die Mutlosigkeit. Zitternd sprang sie beim geringsten Geräusch auf die Füße; von eisiger Kälte durchrieselt sah sie ihr Kind an, über das Bett gebeugt, starr, mit durchdringendem Blick, als wollte sie all das Böse in sich aufsaugen, um an Ritas Stelle zu leiden.

Selbst krank und müde, mit schleppendem Fuße stattete Andrea täglich der Kranken einen Besuch ab. Laura in ihrer Herzensangst bestürmte ihn dann mit Fragen. Wie er Rita finde? Was er glaube? Ob er sich aus seiner Praxis als Apotheker ähnlicher Fälle erinnere? Vielleicht wisse er doch eine kräftige, wirksame Arznei.

Der alte Mann, wenig mehr an Fragen und Antworten gewöhnt, stotterte dann irgend welches verwirrtes Zeug. Die geröteten Backenknochen verkündeten seine innere Erregung. Er sah Rita lange an, mit prüfendem, mattem Auge; aber er gab kein bestimmtes Urteil über ihren Zustand ab.

Lauras Geduld war fast immer bald zu Ende; schließlich schickte sie ihn mit erzürnten Worten fort. Einmal fragte Rita bei solcher Gelegenheit: „Mütterchen, was hast du gegen den Vater? Hast du ihn gar nicht lieb?"

Nie zuvor hatte das Mädchen eine solche Bemerkung gemacht.

Laura war betroffen. Sie antwortete ausweichend.

Eines Abends bat die Gräfin-Mutter um die Erlaubnis, nächstens ihren Sohn mitbringen zu dürfen. Dieser Besuch freute Laura und Rita außerordentlich. Rita bat die Mutter,

sie möge sie sorgfältig frisieren und die Locken mit ein
Rosaschleife zusammenbinden — derselben Schleife, die Rit
getragen hatte, als sie mit dem jungen Grafen unter de
Maulbeerbäumen getanzt hatte.

Der Besuch war kurz, aber er wirkte herzzerreißend. Au
den Augen des jungen Grafen sprach tiefer Schmerz. Laur
bemerkte einen angsterfüllten Blick, den er mit seiner Mutte
wechselte, und sah, wie er beim Weggehen kaum die Thräne
zurückzuhalten vermochte. Von nun ab war es völlig ur
ihre Ruhe geschehen.

Tags darauf verlangte sie von dem Arzte die reine, voll
Wahrheit über Ritas Zustand. Der Arzt wünschte ei
Konsilium.

Zwei Celebritäten wurden gerufen, die eine aus Mai
land, die andere aus Pavia. Ihre Ansichten gingen aus
einander. Der eine Professor fand eine leichte, rasch heilbar
Bronchitis, der andere gab Rita verloren.

Laura, die bisher durchaus nicht an ein schweres Lei
den glauben wollte und sich selbst mit Illusionen getäusch
hatte, war, zufolge einer plötzlichen Reaktion, überzeug
der unheilprophezeiende Arzt sei im Rechte. Bleich, fie
bernd, einem Phantome gleich, sah man sie Tag und Nach
an dem Bette der Kranken. Sie warf sich auf den Fuß
boden und küßte die Dielen, als wolle sie sich vor Gott, den
Barmherzigen, Allmächtigen, demütigen; sie flehte mit er
hobenen Händen um die Genesung ihrer Tochter; sie weint
wie eine Gemarterte, sie drohte wie eine Furie.

Die Gräfinnen bewährten sich als wahre Freundinnen
Sie weilten mit Laura lange Stunden bei der Kranken un
versuchten zu trösten. Aber Laura war für freundlichen Zu
spruch unempfänglich; sie hörte und sah nichts außer ihren
Leide. Sie warf sich über das Bett hin und drückte ihr
Lippen auf Ritas weiße, durchsichtige Hände; ihre Auger
saugten sich förmlich in die ihres Kindes ein. Sie berauscht
sich an der eigenen Qual; sie fand eine Wonne darin, di

krampfhafte Spannung zu vergrößern, sie bis zum Wahnsinn zu treiben.

Das Übermaß des Schmerzes übt genau so einen Reiz aus, wie das Übermaß der Freude.

Laura ließ Messen lesen und geweihte Kerzen anzünden, sie bezahlte Novenen und Benediktionen, sie hängte an Ritas Hals das goldene Kreuzchen, das ihr der Bischof am Firmungstage geschenkt hatte. Ach, wie fern waren jene schöne Stunden!

Rita litt nicht sehr. Sie war ruhig und lächelte; trotz der Verzweiflung ihrer Mutter fürchtete sie nicht, daß sie sterben müsse.

Gleichwohl sagte sie eines Tages: „Warum weinst du so sehr, Mütterchen? Steht es wirklich so schlecht um mich?"

Der Pfarrer, ein alter Freund der Signor Taramelli und ihr Berater bei frommen Werken, war gerade zugegen. Beim Weggehen erachtete er es für seine Pflicht, die Mutter aufmerksam zu machen, er halte die Erteilung des letzten Sakraments für notwendig.

In Lauras Augen flammte ein finsterer Blick auf.

„Hochwürden," antwortete sie mit zornerstickter Stimme, „Sie wissen nicht, was Sie von mir verlangen. Soll ich meinem einzigen Kinde das Todesurteil verkündigen?"

Der Priester trat einige Schritte zurück.

„Nichts mehr davon," setzte Laura fort, ehe er antworten konnte. „Haben Sie Erbarmen mit uns beiden! Oder ich komme von Sinnen."

Alle fürchteten, daß dies wirklich geschehen werde. Der Geistliche entfernte sich. Er schüttelte den Kopf. Wie war die Weigerung der Frau mit ihrer frommen Gesinnung in Einklang zu bringen!

Aber am Abend desselben Tages trat Laura in fieberhafter Hast, einen Schleier über das Gesicht geworfen, unvermutet in das Haus des Priesters. Sie stürzte ihm zu

Füßen und seine Kniee umklammernd flehte sie, er möge kommen und ihr sterbendes Kind zum letztenmal segnen.

* * *

Die alten Mauern des Hauses Taramelli hatten viele ehrwürdige Matronen, viele achtbare Ehrenmänner, gebeugt von der Last der Jahre, sterben gesehen. Aber diesmal starb ein Kind, und es war, als stöhnten die alten Mauern in tiefer Trauer.

Aus dem Alkoven, aus den großen Wandschränken schien eine Reihe stiller Schatten hervorzuschreiten. Sie kamen und grüßten das jüngste Reis des Geschlechtes.

In jedem Winkel, in jeder Wölbung, wo Ritas Kinderstimme ein Echo gefunden, in jedem Spiegel, der ihr Bild zurückgestrahlt hatte, im Schatten des Laubganges, in den Alleen des Gartens, in den geräumigen, sonndurchglühten Gemächern, in dem kleinen finstern Salon, auf dem verblichenen Lorbeer des Kamins — überall, wo das Mädchen geweilt hatte, wo der fröhliche Ruf ihrer Jugend erklungen war, breitete sich ein melancholischer Schleier aus.

Zwei kleine Schuhe unter einem Sessel, das rote Kleid am Nagel erzählten, wie sie noch vor kurzem so frisch und gesund gewesen war.

Tieftrauriges Schweigen herrschte im Zimmer. Die Freunde hatten ihre Tröstungen erschöpft. Laura bewegte sich in fieberhafter Unruhe um das Bett, auch jetzt, wo nichts mehr zu helfen war — es war ihr unmöglich, in Ruhe zu verharren.

Sie sprach nur sehr wenig; jeden Augenblick neigte sie sich über ihr Kind, faßte dessen Haupt mit beiden Händen und schluchzte.

Es war herzzerreißend.

Rita war ruhig. Auf dem Tisch neben ihr stand in einem Wasserglas ein Blumenstrauß. Bisweilen sah sie dorthin — es war ein süßer und ernster Blick, voll sanfter Gedanken.

Der junge Graf hatte ihr diese Blumen geschickt. Rita, die sich während ihrer Krankheit soviel mit sich selbst beschäftigen konnte, begann das Glück der Liebe zu empfinden, und da sie auf baldige Gesundung hoffte, erblühte in ihrem Herzen unsagbare Seligkeit.

Als der Priester in der Stola zu ihr trat, öffnete sie groß und erstaunt ihre Augen.

Erst jetzt überkam sie eine Ahnung.

„Mütterchen, es steht also schlecht um mich?"

Laura schluchzte laut auf. Sie klammerte sich an das Bettgestell und schlug, wie um den Tod auch für sich herbeizurufen, mit der Stirne gegen den Pfosten.

Die Gräfin näherte sich ihr. Das Antlitz der trostlosen Mutter durch ihre eigene Gestalt verdeckend sagte sie, es handle sich um eine einfache Ceremonie. Man wolle nur dem Geistlichen gehorchen, der sich von der heiligen Handlung Besserung für die Kranke verspreche.

Rita antwortete nicht. Aber eine Wolke zog über ihre Stirne.

* * *

In der darauffolgenden Nacht war Rita sehr unruhig.

Am Morgen fand der Arzt, daß die Krankheit bedenkliche Fortschritte gemacht habe.

Nach dem Abendläuten versammelten sich die Mädchen des Ortes in der Kirche, um im Chor für Ritas Genesung zu beten. Laura hörte sie unter dem Fenster vorüberschreiten. Ihr Herz zog sich in unsagbarer Angst zusammen; es war ihr, als schritten sie bereits singend hinter der Bahre.

Die Gräfin ließ sich zuletzt in feiner Empfindung nicht mehr von ihrer Tochter begleiten. Laura litt unter der Gegenwart des blühenden Kindes.

Diesmal aber bat die Komtesse, nachdem sie zusammen

mit den andern für ihre Freundin gebetet hatte, eintreten zu dürfen. Sie wollte die Kranke umarmen und ihr die Grüße der Gefährtinnen bringen.

Rita empfing sie lächelnd. Sie ließ sie neben sich Platz nehmen, liebkoste sie, fragte sie um dies und jenes, dann nahm sie das goldene Firmungskreuzchen vom Halse und sagte, indem sie sich mit bittendem Blicke zu ihrer Mutter wandte.

„Nicht wahr, du erlaubst mir, daß ich ihr dies zum Andenken lasse?"

Alle brachen in Schluchzen aus. Rita allein blieb ruhig. Ihr Antlitz trug den sanften Ausdruck der Ergebung; in ihren Zügen lag ein Vorgenuß künftigen Glückes.

In diesem Augenblick trat der Pfarrer hinzu.

„Sehen Sie," flüsterte er der Gräfin ins Ohr, „das arme Kind ist ruhig. Es hat sich mit seinem Gotte ausgesöhnt. Wie heißt es doch in der Schrift: „Und endlich freuen sie sich und frohlocken und jubeln, wenn sie das Grab gefunden, denn dieses giebt Licht den Menschen."

Die Gräfin erwiderte nichts. Sie deutete auf Laura, die ohnmächtig auf dem Kopfkissen ihrer Tochter lag.

Als die Sonne unterging, war Ritas Kraft erschöpft. Ihre Hände ruhten matt in denen Lauras; sie rührte sich nicht, sie sprach nicht, sie gab kein Zeichen der Bewegung. In stummer Umarmung nahm sie Abschied von ihrer Mutter.

* * *

Lange schon hatte Ritas Seele ihre irdische Hülle verlassen, aber Laura weilte noch immer bei der Toten. Kein Zureden bewog sie, sich von der Dahingeschiedenen zu trennen. Sie verbrachte die Nacht fiebernd, Rita umschlungen haltend.

Als man sie ihr wegtrug, glaubte sie wirklich von Sinnen zu kommen. Sie flehte zu Gott, er möge ihr in seiner

Gnade und Barmherzigkeit das Leben oder den Verstand nehmen. Aber Verstand und Leben blieben ihr erhalten: sie hatte den Becher noch nicht zur Neige geleert.

Aus einem Winkel des Zimmers sah Laura die bleiche Gestalt ihres Gatten herankommen. Zwei Tage lang war er zusammengekauert dagesessen; niemand hatte ihn beachtet. Mühsam schleppte er sich vorwärts. Sein Auge war von Thränen verschleiert; aber unter den weißen Haaren lag auf seinem gramdurchfurchten Antlitz der Ausdruck schmerzlicher Ruhe.

„Laura," sagte er, und seine Hand legte sich schwer auf die Schulter seines Weibes. „Laura, ich habe dir vergeben. Gott war härter als ich."

„Wie?" stammelte sie außer Fassung, zusammensinkend unter der zitternden Berührung des Greises, als wäre seine Hand von Eisen.

„Hugo war tuberkulos!"

Kein Schrei entrang sich Lauras Lippen. Kraftlos sank sie zusammen. Das Haupt tief zur Erde gesenkt, empfing sie unbeweglich den grausamen Schlag.

„Die Strafe ist furchtbar," setzte Andrea mit erschütterter Stimme hinzu. „Aber auch für mich war das Leben eine Strafe ... und ich hatte nichts abzubüßen!"

E n d e.